教授与疯子

〔英〕西蒙·温切斯特 著

杨传纬 译

南海出版公司

新经典文化股份有限公司
www.readinglife.com
出　品

献给乔治·梅里特

目录 | Contents

Mysterious (mistⓉ·riəs), *a.* [源自拉丁语 mystērium MYSTERY[1] + OUS. 比较法语 *mystérieux*]

1. 充满神秘的；为神秘所笼罩的；人类无法知晓或理解的；无法或难以解释、解决及发现的；来历、性质或目的不明的。

引子

　　民间有这样的传说：一八九六年一个深秋的下午，天气凉爽，薄雾蒙蒙，在伯克郡克罗索恩小村子里，发生过近代文学史上一次极不寻常的谈话。

　　谈话的一方，是令人肃然起敬的詹姆斯·默里博士，《牛津英语词典》（*Oxford English Dictionary*）主编。当天，他从牛津动身，坐火车走了五十英里去会见一位名叫 W. C. 迈纳医生的神秘人物。牛津大词典的编纂，靠的是几千位志愿供稿人的辛勤劳动，迈纳医生便是其中贡献最大的志愿供稿人之一。

　　近二十年来，双方书信不断，探讨英语词典编纂学中许多复杂细致的问题，但二人从未谋面。迈纳医生似乎从来不愿，或不能离开克罗索恩的家到牛津来。他无法作任何解释，除了表示歉意之外，就没有别的话了。

　　默里博士则是重任在身，无法离开他编词典的总部——著名的牛津"缮写室"。然而他早就期盼着见一见这位神秘莫测的帮手，向他当面道谢。尤其是到了十九世纪九十年代末期，词典编纂工作进展顺利，完成了接近一半，官方把许多荣誉授予词典的编纂者，这时默里的愿望就更强烈了。他要保证每一位参加者的宝贵贡献都得到表彰，哪怕是迈纳医生这样性情羞怯的人也应当包括在内。于是，他决定亲自去拜访。

他下定决心之后，便打电报告知对方，说他最方便的办法是坐火车到达克罗索恩车站（当时名叫惠灵顿学院车站，因为这所著名的男童学校就在村里），时间是十一月某个星期三下午两点。迈纳医生回电报说欢迎他去访问。他从牛津出发后，一路上天气不错，火车也准点。总之，预兆都很好。

在火车站前，一辆擦得光亮的活顶四轮马车和一位穿制服的车夫正等在那里。默里上车以后，车子在伯克郡郊区的小路上囊囊前行。过了二十分钟左右，马车转到一条杨树夹道的大路上，终于停在一所森严的红砖大楼前。一位神情庄重的仆人把词典主编引到楼上，走进一间图书满架的工作室。室内有一张桃花心木的大办公桌，桌后站着一个人，一看便知是重要人物。默里博士严肃地鞠了一躬，便开始了早已练习多次的简短致辞：

"先生，下午好！我是伦敦语文学会的詹姆斯·默里博士，《牛津英语词典》的主编。终于能够见到您，是我莫大的荣幸和愉快。先生，您想必就是多年来最勤奋支援我的 W. C. 迈纳医生吧？"

出现了短暂的沉默，双方都感到有点尴尬。一只大挂钟在滴答作响。大厅里有轻轻的脚步声。远处一串钥匙发出叮当响声。办公桌后面那个人清了清嗓子，然后说道：

"很遗憾，先生，我并不是您想见的人。事情和您所想的完全不一样。我是布罗德莫刑事精神病院的院长。迈纳医生是住在这里，但他是被收容的病人；已经在此二十多年了，他是我们这里住院最久的病人。"

有关这个案件的政府档案是保密的，已经封存了一百多年。然而，最近我获准阅读了这些材料。下面便是材料所透露的奇怪、悲惨而又令人振奋的故事。

Murder (mɐ·ɹdəɹ), *sb.* 词形：a. I morÞor, -ur, 3-4 morÞre, 3-4, 6 murthre, 4 myrÞer, 4-6 murthir, morther, 5 苏格兰语 murthour, murthyr, 5-6 murthur, 6 mwrther, 苏格兰 morthour, 4-9 (今口语, 史或古) murther; β.3-5 murdre, 4-5 moerdre, 4-6 mordre, 5 moordre, 6 murdur, mourdre, 6-murder。[古英语 morðor 中性 (阳性复数词形 morÞras)]= 哥特语 maurÞr 中性：- 古条顿语 * murÞro^m:- 前条顿语 * mrtro-m 源自词根 * mer- : mor-: mr- 死亡, 由此拉丁语 morī 死亡, mors (morti-) 死, 希腊语 μοϱτός, βϱοτός 致死的, 梵语 mṛ 死亡, mará 阳性, mrti 阴性, 死, márta 致死的, 古斯拉夫语 mĭrěti, 立陶宛语 mirti 死亡, 威尔士语 marw, 爱尔兰语 marÞ 死。

　　本词未见于条顿语系的任何语言中 (英语和哥特语除外), 但有证据存在于大陆西日耳曼语中。它也是下列语词之源：古法语 murdre, murtre (现代法语 meurtre), 医药拉丁语 mordrum, murdrum, 古高地德语有其派生词 murdren 谋杀 (动词)。所有条顿语系诸语言 (除哥特语外) 均有词义相同的词, 词根同而后缀不同：古英语 morð 中性, 阳性 (MURTH[1]), 古苏格兰语 morð 中性, 古弗里斯兰语

morth，mord 中性，中古荷兰语 mort，mord 中性（荷兰语 moord），古高地德语 mord（中古高地德语 mort，现代德语 mord）古斯堪的纳维亚语 morð 中性：- 古条顿语 * murÞo；- 前条顿语 * mrto-。

由原先的 ð 变为 d（一般趋势为：在有 r 的音节前由 d 变为 ð，此处正相反）可能是受英国法语 murdre，moerdre 以及法律拉丁语 murdrum 的影响。

1. 最凶残的杀人罪行，或此类事例。在英格兰（苏格兰和美国亦然）法律中，其定义为：带有恶意的非法杀人，常更清楚地表述为：故意杀人。

在古英语中，本词可以用于一切受谴责的杀人行为（同时含有"大恶""致命伤害""折磨"的意义）。更严格地说，本词只表示秘密杀人，在古日耳曼民族中只有"秘密"杀人才算（现代意义上的）犯罪，公开杀人则被视为血亲复仇或要求赔偿的错误冲动。甚至在爱德华一世时期，英国人对英国法语 murdre 的解释还只是：不知杀人者和受害人为谁的凶残杀人事件。在法律为 murder 下的定义中，"带有恶意"不能（像现在一样）简单解释。一个人犯了"故意杀人罪"，并不一定是想要受害人死去，因为死亡是此人的非法行为造成的，而此人明知他的非法行为很可能致人死亡，或者因为他想伤害人以泄愤，而伤害导致了死亡。犯"谋杀罪"的关键，在于杀人者的头脑是正常清楚的，而且在杀人行为发生后的一年零一天内导致了受害人死亡（英格兰适用此期限，苏格兰不适用）。在英国法律中，谋杀罪没有等级之分。在美国法律中，区分了"一级谋杀罪"（不存在可原谅的因素）和"二级谋杀罪"。

兰贝斯沼地的死寂之夜

在维多利亚女王统治下的伦敦，哪怕是在兰贝斯沼地这种臭名昭著的罪恶渊薮，枪声也实在是非常稀罕的。这是一个邪恶的地方，一片乱七八糟的贫民窟，像妖魔一样黑黝黝地蹲伏在泰晤士河岸边，正好和高贵的西敏寺隔河相望。凡是有身份的伦敦人，都不会承认到那里去过。它又是暴力横行之地——劫匪潜藏在暗处，一度盛行着勒死行人抢走财物的勾当；而在拥挤的巷子里，最粗暴的扒手大行其道。这正是狄更斯笔下的伦敦的集中表现，小说中的人物费金、比尔·赛克斯以及奥利弗·特威斯特在维多利亚时代的兰贝斯沼地想必一定是如鱼得水。

然而，这里却不是带枪的好汉出没的地方。在格莱斯顿首相当政的日子里，兰贝斯沼地很少发生持枪犯罪案件，在整个伦敦的广袤市区内就更是少而又少了。枪支既昂贵又笨重，不易使用，又难以隐藏。而且，直到今天，不知为什么，使用弹药武器犯罪被认为很不够英国味儿——因此有关的报道和记载都很罕见。兰贝斯有一家周刊的社论沾沾自喜地说道："在美国十分常见的持枪犯罪，在我国却没有见到过，这实在令人高兴。"

因此，在一八七二年二月十七日（星期六）凌晨两点的月光下，突然爆发了三声短促的连续枪声，那声音简直是闻所未闻，无法想象，惊心动魄。那三声枪响——也许是四声——音量很大，在寒冷而潮湿的夜空里反复回荡。枪声被一个青年警官听见，虽然很稀罕，却碰巧被他立刻辨认出来了。这位警官名叫亨利·塔兰特，属于索思沃克警察局 L 分局。

他后来的笔录里说，那时钟声刚刚敲了两下。他正在懒洋洋地照例执行着夜班巡逻任务，慢慢走过滑铁卢火车站旁边的高架桥洞，一边咒骂刺骨的寒风，一边检查着店铺的门锁是否牢固。

塔兰特听到枪声后，便一面吹响警哨，（希望）召唤在附近一带巡逻的警察，一面飞奔过来。瞬间他就穿过了密如蛛网的黏滑的陋巷（那时这一带还被称为村子），来到了泰晤士河边开阔的贝尔维德雷路。他肯定枪声是从这里传出来的。

另外两个警察，亨利·伯顿和威廉·沃德，听到尖厉的哨声后也先后冲到了现场。据伯顿的笔录说，他冲向枪声回响的地方，正好碰到塔兰特抓住了一个男人，看来他已经逮捕了凶犯。塔兰特朝他喊道："快！到马路那边去，有人中枪了。"伯顿和沃德跑到贝尔维德雷路，发现了一个垂死的男人，已经不能动弹。他们跪了下来，摘下警盔和手套，仔细察看受害人。

血流到了人行道上——此后几个月内，伦敦那些乐于耸人听闻的报纸便把这地方称为"滔天罪恶""恐怖事件""暴行""无耻谋杀"的案发场所。

最后，所有的报纸都把这件事定名为"兰贝斯悲剧"，听起来好像兰贝斯这种地方本身还不算悲剧似的。然而这确是一桩极不寻常的事件，即使按当地居民见惯不惊的眼光来看，也不寻常。虽然这个地方多年来见过许许多多奇怪的事，那些不值几文钱的报刊争相记述，但是这一次的特殊事件却引发了一连串前所未有的后果。这桩罪行的某些方面及其影响是可悲的、难以置信的，但是，并非一切都是悲剧，远远不是这样。

直到今天，兰贝斯仍旧是英国首都很不招人喜爱的地区。公路和铁路呈扇形展开，把伦敦以南各郡的旅客带进或带出都城的中心区，兰贝斯被紧紧地夹在这扇形路网中间，没有什么特色可言。现在，皇家节日音乐厅和南岸中心大厦矗立在那里。原址在一九五一年曾是一片集市，搞过一些娱乐活动，想把当时接受定量分配、衣着破旧的伦敦人弄得稍稍高兴一点。除此之外，就没有别的吸引人的地方了。一排排监狱般的房子，有些不重要的政府部门在此办公，还有一个石油公司的总部，冬季受到凛冽寒风的鞭挞。有一些记不清名字的酒馆和书报杂货店，还有一个外形低矮的滑铁卢火车站。最近，由于英吉利海峡地下隧道的开通，滑铁卢火车站成了海峡班车的起点，经过大量改建和扩充，对周围地区发挥着强大的磁力作用。

往日的铁路总裁从来就不屑于在滑铁卢车站附近修建雄伟的大旅馆，然而他们却在维多利亚火车站、帕丁顿火车站等伦敦的其他车站，甚至在圣潘克拉斯、国王十字街都修建了高大豪华的宾馆。

兰贝斯长久以来就是伦敦的低等地区。直到最近，尽管有节日音乐厅的开辟与发展，仍旧没有名声显赫的人物愿意在此长期停留。维多利亚时代配合船期往返的火车旅客是如此，今天的人们也是如此。兰贝斯发展很慢，它不好的名声也阻碍着它的进步。

一百年前，它简直糟糕透顶。那时的兰贝斯地势低洼，沼泽遍布，积水不能排出，泥泞的小路弯弯曲曲，一条名叫尼金格尔的小溪在这里渗进泰晤士河。这儿的地产属于坎特伯雷大主教和康沃尔公爵。他们虽然都大富大贵，却不屑于像别处的大地主那样努力开发自己的土地。而伦敦的大贵族老爷们——格罗夫纳家族、贝德福德家族、德文希尔家族等却在泰晤士河的北岸创建了许多广场、大厦和大片的住宅。

所以，这个地方只有许多仓库、出租棚屋和一排排外观寒碜、质量低劣的房屋。有一些黑乎乎的工厂（例如少年狄更斯曾经工作过的制造鞋油的工厂）和熬制肥皂的作坊，小染坊和烧制石灰的作坊，以及染制皮革的工场。那些制革工人用一种所谓的"纯"染料来染黑皮革，染料是当地最脏的穷人每天夜里从街上收集来的——在维多利亚时代，"纯"就是狗屎的意思。

一股混合着酵母和啤酒花的令人作呕的气味飘在市镇的上空，那是从巨大的红狮酿酒厂的烟囱里冒出来的。酒厂就开在贝尔维德雷大街，正对着亨格福德大桥。说起这座大桥，可算是涵盖了这片大沼地的某个东西的象征——那便是铁路。铁路高居在沼地之上，架设在凌空的路轨之上。轨道上一列列火车呼哧呼哧地喘息向前，高架上排成长队的车辆蹒跚而行，发出巨大的碰撞声。这里有一条从伦敦到内克罗波利斯的铁路，它的用途就是把伦敦城内的尸体运到郊区沃金的墓地去安葬。人们普遍认为兰贝斯的空气含硫量最高、噪音最大，以肮脏和嘈杂而闻名于首都。

说来也巧，兰贝斯沼地正处在伦敦和威斯敏斯特两个市政府的管辖之外。行政上它属于萨里郡——至少在一八八八年前都是如此。这就是说，比较严格的法律管束着英国首都的市民。但是，任何人只要穿越新建的几座大桥（滑铁卢桥、黑修士桥、威斯敏斯特桥、亨格福德桥）溜进兰贝斯的稠密人堆里，严格的法律就管不着他了。因此，这里便成了出名的放纵行乐之地——酒馆、妓院、淫荡表演的剧院到处都是，人们只要花少量的钱便能享受各种各样的娱乐——也染上各种各样的疾病。

你想观看伦敦检察官禁演的戏剧吗？想在后半夜喝苦艾酒吗？想购买从巴黎偷运来的色情书刊吗？想要一个任何年龄的女孩子而不必担心"跑马路的"（早期伦敦警察的绰号）以及女孩的父母追踪而至吗？那么，你就"去萨里郡"吧，也就是到兰贝斯去。

但是，正如多数的贫民区一样，低廉的生活费也能吸引一些正派人到兰贝斯来居住和工作。乔治·梅里特便是其中之一。他是红狮酿酒厂的司炉工，已经在厂里干了八年。他和同伴的职责就是保持炉火日夜不熄，酿酒的大桶不断起泡沫，酿酒的大麦不断发酵。他三十四岁了，住在康沃尔路康沃尔村二十四号。

乔治·梅里特像当时的许多青年工人一样，是从农村迁移到伦敦来的，他的妻子伊丽莎也是如此。他从威尔特郡来，而妻子的老家则在格洛斯特郡。两人先前都在农场干活，不曾加入工会，享受不到工会的保护，只好给无情的老板干脏活累活来挣点微薄的工钱。他们在科茨沃尔德丘陵地带的乡村集市上初次相识，后来就发誓要共同生活，充分利用伦敦提供的无穷的挣钱机会。结婚后他们住在斯温顿，离伦敦只有乘火车快车两小时的路程。他们先迁移到伦敦北部，在一八六〇年生下第一个女儿克莱尔，之后又搬到市中心区。最后在一八六七年，随着儿女不断增加，花费日益昂贵，而体力工作越来越难找，他们只好来兰贝斯酿酒厂附近这个又脏又吵闹的地方。

这对青年夫妇的住处和周边环境正像从巴黎来的写生画家古斯塔夫·多雷所描写的那种样子——那真是一个阴暗的世界：砖堆，煤灰，发出尖利摩擦声的铁器；低矮拥挤的廉价住房；很小的后院，每个后院都有一个厕所、一个煮衣锅和许多晾衣绳；空气充满潮气和硫磺的气味。然而，那气氛却带着伦敦穷人所特有的愉快：粗鲁的、嘻嘻哈哈的、乱糟糟的、对一切都满不在乎的情调。梅里特夫妇会怀念农村的田野、苹果汁和云雀吗？他们会感到已经离开的农村才是真正的理想世界吗？我们是永远不得而知了。

到了一八七一年的冬天，正如伦敦贫民的通常情况那样，乔治和伊丽莎已经有了庞大的家庭：六个孩子，最大的克莱尔十三岁，最小的弗雷迪十二个月。梅里特太太已经怀了第七个孩子，快要生产了。他们和兰贝斯的多数居民一样，穷得叮当响，乔治·梅里特每周带回二十四先令的工钱，这在当时是很微薄的。要给大主教交房租，要给全家八张嘴喂食物，他们的境况实在拮据得很。

就在那个星期六的凌晨，不到两点钟，梅里特被邻居敲窗户的声音惊醒，那是预先安排好的。他翻身起床，准备去上早班。凌晨寒冷刺骨，他尽自己的可能穿得暖和些：一件工作服（维多利亚时代称为"罩衣"），外面套上一件破烂的大衣，里面一件褴褛的灰衬衫，一条灯芯绒裤子，用绳拴紧裤脚；厚袜子，黑靴子。这一身打扮绝对谈不上干净，可是他要去铲煤八个小时，也就无法顾及什么体面了。

他的妻子还记得，在他离家之前，他划亮过一根火柴。她最后一次见到他，是他走在兰贝斯街道新安装的煤气灯下，吐出的白汽在寒冷的夜晚清晰可见——也许他是在抽烟斗。他故意走到康沃尔街的尽头才拐弯走向贝尔维德雷路。夜空晴朗，星光闪耀，他的脚步声消失以后，除了火车头永远不断的喷气声和撞击声之外，就听不见别的声音了。

梅里特太太没有理由担忧：她丈夫已经照这个样子上了二十次早班，不会发生什么问题。乔治不过是照例走向酒厂的高墙和装饰华丽的大门，他将在巨大的红狮的阴影下铲煤干活。那个红狮的形象已经是伦敦著名的标识了。挣钱虽然不多，可是能够为红狮酿酒厂这样出名的厂家干活，也是有几分光彩的。

然而那天夜里，乔治·梅里特没有到达目的地。当他迈进坦尼生街的入口，走过兰贝斯铅厂南墙和酿酒厂北墙交界处的时候，突然传来一声喊叫。一个男子朝他怒喊，似乎追了上来。梅里特大吃一惊，这比普通的劫匪更厉害。劫匪通常是手持铅头大棒，头戴面具，暗中潜伏在某处，这个人却完全不一样。梅里特惊恐万分，拔腿便跑，在结霜的石子路上不断失足滑跤。他回头一看，那个人还在追他并愤怒地大声叫喊。然后，那个人停下来，举枪瞄准，朝他开火，这简直太难以置信了。

头一枪没打中，子弹嗖嗖地飞过去打在了酒厂的墙上。乔治·梅里特想跑得更快些。他大声呼救。这时来了第二枪，也许还有一枪。最后一枪击中了不幸的梅里特的脖子。他沉重地倒在铺着石子的人行道上，脸朝地面，周围流了一摊血。

很快就响起了警察伯顿飞奔的脚步声。伯顿找到受害者以后，把他扶起来，还想安慰他。另一个警察沃德到冷清的滑铁卢路上叫了一辆双轮双座马车。两个警察把伤者轻轻从地上抬起，放进了马车，嘱咐马车夫尽快把他们送到圣托马斯医院。这所医院就在贝尔维德雷路上，朝南走大约五百码，对面便是大主教的伦敦官邸。马匹拼命飞跑，马蹄在石子路上敲出了火花，一口气把受害者送到了急诊室门前。

但一切都是徒劳。医生检查完乔治·梅里特之后，试图缝合他颈部的伤口。然而他的颈动脉已经被打断，颈椎也被两颗大口径的子弹打断了。

那个犯下了空前罪行的男子，作恶还不到一分钟，便落入了塔兰特警官的手中。他身材高挑，衣着讲究，风度昂然，言行傲慢，警察说他"貌似军人"。他右手握着的左轮手枪还在冒烟。他并不打算逃跑，静静地站在那里等警察走过来。

"谁开枪了？"警官问。

"是我。"那人说，举起了枪。塔兰特把枪夺了过来。

"你朝谁开了枪？"警官问。

那个人顺着贝尔维德雷路向前一指，指着酒厂商店前面路灯下躺着不动的人。他说了一句离奇的话，历史把这句话记载了下来。然而这句话也正巧泄露了他一生主要的弱点与癖好。

"是个男人。"他以轻蔑的语气说，"你总不会认为我是个懦夫，竟会向一个女人开枪吧！"

这时另外两名警察已经赶到，又来了一些好奇的本地人。其中有一位是亨格福德大桥过桥费的收费员——他起初不敢出来，"我害怕挨枪子儿呀！"还有一个妇女，案发时她正在坦尼生街的一间屋子里脱衣服——这条街上的女人任何时候都可能脱衣服，并不算怪事。塔兰特警官指着受害人，命令两名警察尽力抢救。为了防止更多的围观者聚集，他便押送着毫不抵抗的杀人嫌疑犯走向托尔街的警务所。

走在路上时，他拘捕的这个人开始说话了。塔兰特认为这是个冷静自持的人，而且显然不曾喝过酒。这个人坚持说，完全是个可怕的误会，他弄错人了。他追逐的是另一个人，完全不一样。有人闯进了他的房间，他要赶走坏蛋，保卫自己，谁都应该有权这样做。

当塔兰特把一只手放在这个人肩上时，他说："别用手抓着我！"然后，他又比较温和地说："你还没有搜查我呢。"

"到了警务所再搜查。"警官回答。

"没准儿我还有一支枪，会向你开枪呢？"

警官不为所动，依旧慢慢走着，告诉他如果还有一支枪，就请费心把它搁在衣袋里，过一会儿再说。

"可是我确实有一把刀。"被捕人说。

"也把它搁在衣袋里吧！"沉着的警官回答。

后来发现，并没有另外的什么枪，但是确实搜查出一把长长的猎刀，套在皮鞘子里，拴在这个人的背带上面。

"那是外科手术用的，我平常并不带它。"

塔兰特在搜查完毕后，向值班的警官报告了贝尔维德雷路不久前发生的案情。这两个人立即开始正式审问被捕的人。

他的全名是威廉·切斯特·迈纳，三十七岁，正如警察从他的举止所猜度的一样，从前是陆军军官。他同时还是合格的外科医生。他居住在伦敦还不满一年，单独住在附近的坦尼生街四十一号楼上一个陈设简单的房间里。他显然并不需要生活得这样节省，事实上他很有钱。他暗示自己并不是单纯为了赚钱才来到这个风俗淫荡的地方，但到底是为了什么原因，第一次审问并没有触及。天亮的时候，他以谋杀罪被送往马贩子巷的监狱里监禁起来。

然而另一个复杂问题出现了。原来威廉·迈纳来自康涅狄格州纽黑文市，被授予过美国陆军军衔。他是一个美国人。

这就给案件增加了新的复杂性：必须通知美国使馆。于是，尽管是在星期六，当天上午英国外交部就正式照会美国驻伦敦公使：该国的一位陆军外科医生因涉嫌谋杀罪而被逮捕。兰贝斯沼地贝尔维德雷路上的枪杀案本已因其稀罕而传布得满城风雨，现在又成了一个国际事件。

英国报纸一向就喜欢写社论向大西洋对岸的竞争者发泄不满和怒气。这次就又有了大做文章的机会。

《南伦敦报》以轻蔑嗤笑的口气写道：

美国人一向把人命不当一回事，这是他们和英国人之间的最重要的区别。而其最惊人的典型案例已经发生在我们的家门口了。残忍行为的受害者留下了临产的妻子以及七个孩子，最大的只有十三岁，等待着世人的怜悯。值得感谢的是——好心肠的人们已经热心地前去救济寡妇和孤儿们。我们诚恳希望，哪怕是能省下几文钱的人，都来尽力援助这场可怕悲剧的受害者。美国的副总领事怀着慈善之心开始了募捐活动，呼吁在伦敦的美国人尽可能减轻受害者的痛苦。而这场痛苦是他们的一个同胞造成的。

苏格兰场的警探很快就开始了这个案件的调查。由于案子很重要，大西洋两岸的司法工作都启动起来了。迈纳在狱中沉默不语，只说他并不认识死者，是误伤了人，这对弄清案情并无帮助。为了调查可能的动机，警探们慢慢追溯到一个卓越而悲惨的生命的源头。

威廉·迈纳是头一年秋天到英国来的，因为他病了。他的病，有些报纸说"来源于私生活放荡"。被指定为他辩护的律师曾经推测：他到英国来是为了平静"燃烧的心"（这是维多利亚时代某些医生爱用的词语）。据说他受到了"脑损伤"，而原因则说法不一。他的律师说，他在美国住过精神病院，他从陆军退役也是因为健康不佳。见过他的人，往往形容他是"受到良好教育的能干的绅士，但是习惯怪异而放肆"。

他最初住在伦敦西区的拉德利饭店，从那里出发，到欧洲的许多大城市旅游。耶鲁大学的一个朋友写了一封介绍信，推荐他去见英国著名的艺术家兼文艺批评家约翰·罗斯金。二人见过一面，罗斯金鼓励迈纳在旅游中画水彩画作为消遣。

警察推想，迈纳在一八七一年圣诞节后不久搬出了伦敦西区，定居在兰贝斯。从他的地位和教养来看，选择这样的地方是难以理解的。后来他才承认，这是因为便于得到容易上手的女人。美国警方告诉苏格兰场的警探：他们早就有迈纳作为陆军军官的档案材料，此人所到之处，经常光顾各大城市的所谓"花花世界"，习惯由来已久。尤其是在纽约，他当时驻扎于总督岛，每逢假日总要到曼哈顿最粗野的酒吧和歌舞厅去。他对女人的欲望大得惊人。他至少染上过一次性病；在马贩子巷监狱里，警方对他进行过身体检查，发现他的淋病仍未痊愈。他说，病是从当地的妓女身上传染的，他曾经把莱茵白葡萄酒注射入尿道来治病——这种异想天开的发明真有点可笑，失败也毫不奇怪。

然而，从他住的房间里却看不出这些阴暗面。警探报告，在他又大又重的镶铜皮箱里发现了大量钞票，主要是法国的，足有二十里弗赫现金。还有金表和金表链、手枪子弹、外科医生委任状、美国陆军上尉军衔证书等，写给罗斯金的介绍信也在其中。此外就是大批水彩画，显然是迈纳本人的作品，大部分是伦敦的风景，有不少是从水晶宫附近的山坡上遥望而画出的。凡是看过画的人都认为属于上品。

他的女房东费希尔太太说，他是个极好的房客，可是脾气古怪。他常常一连几天不回家，回来以后，故意显阔似的把大旅馆的账单摊在外面，让谁都看得见。费希尔太太记得有查令十字路饭店，还有水晶宫大饭店，等等。他好像总是担着很重的心事，经常要求搬动室内的家具，似乎害怕有人会闯进来。

费希尔太太告诉警察，迈纳医生有一种特别的忧虑。他显然特别害怕爱尔兰人。他不断追问她是否雇用了爱尔兰仆人，如果有，就把他们打发走。她有爱尔兰房客吗？有爱尔兰人来访吗？他什么都想知道。事实上，这种可能性在兰贝斯实在太大了，因为在伦敦许许多多的建筑工地上，都有大批前来打工的爱尔兰人，形成了庞大的人口。

谋杀案的审判在四月初进行，直到那时，迈纳医生的病情才全部大白于天下。当时案件属于萨里郡管辖，不属于伦敦；在金斯顿巡回法庭的大法官面前出席作证的有几十人，其中三个人谈了对这个可悲的军官所知的一切情况，使法庭大吃一惊。

一开始，伦敦警方就承认对迈纳已经多少有所了解，在谋杀案发生前就知道有个不安定分子生活在人群中。一位苏格兰场的警探，名叫威廉森，作证说迈纳三个月前曾到警察局来过，申诉一些人夜里进入他的房间，想毒死他。迈纳认为这些人是芬尼亚勇士团（爱尔兰民族主义激进派）的会员，他们千方百计要闯入他的屋内，从窗户溜进来，躲藏在房梁上。

威廉森说，迈纳好几次前来诉说这些事；圣诞节前不久，迈纳还说动了他家乡纽黑文市的警察局长给伦敦警察厅写了一封信，强调了迈纳的恐惧。在迈纳医生搬到坦尼生街以后，他还与威廉森保持着联系——一八七二年一月十二日，他写信说有人想毒害他，恐怕芬尼亚勇士团的人要杀死他，而假装出他是自杀的样子。

今天人们也许会认为，这是典型的呼救行为。可是威廉森警官却感到很不耐烦，没有做任何事，也没有告诉任何人，只是在工作日志中轻蔑地记录下：迈纳发疯了——这还是第一次用"发疯"这个词来形容这个不幸的美国人。

然后又来了一个证人。他提供的情况，是迈纳医生被关押在马贩子巷牢房以后的种种表现，十分引人好奇。

证人名叫威廉·丹尼斯。他的职业在现代人的记忆中已不复存在了——当时称为"伯利恒看守"，通常是伦敦的伯利恒精神病院雇用来照料精神病人的。由于伯利恒精神病院这个可怕的名称，今天 bedlam 这个词便有了精神病院的含义。丹尼斯的职责是在夜间看守精神病罪犯，防止他们自杀以逃避法律追究等等。他于二月中旬被调遣到马贩子巷监狱来值夜班看管犯人，看守迈纳已经二十四个夜晚了。

丹尼斯告诉陪审团说，他在狱中的所见所闻非常奇怪，令人不安。每天早上迈纳医生醒来之后，总要责怪丹尼斯收了什么人的钱，故意在迈纳睡眠时打扰他。然后，他就吐口水，一口气吐几十次，好像要把别人放进他嘴里的什么东西吐干净。他还要从床上跳起来，伸手到床下面乱摸，坚持说有人躲在床下想害他。丹尼斯向自己的上级——监狱医官报告说，他非常肯定，威廉·迈纳是发疯了。

警察的审问记录，也证实了迈纳犯罪具有空想的动机，并进一步表明了他特有的精神不稳定状态。迈纳告诉审问者，每天晚上他睡觉时，不认识的人（常是下等人、爱尔兰人）就要钻进他房间里来。这些人侮辱他、虐待他，其方式简直无法形容。自从这些夜间来客开始折磨他那时起，好几个月以来，他都要把他的科尔特式左轮手枪放在枕头下才睡觉，枪里装了五颗子弹。

出事那个晚上，他突然惊醒，觉得有一个人站在床那头的阴影中。他伸手到枕头下面去摸枪，那个人便拔腿跑了，一直跑下楼到了房外。迈纳尽快追上去，看见一个人在贝尔维德雷路上奔跑，就断定他是闯入者。他朝这个人怒喊，然后开了四枪，最后打中了他。那个人躺在地上不动了，也就无法伤害自己了。

法庭沉默地听了这一切。女房东不断摇头。她早就说过，任何人没有钥匙是进不了他的房间的。何况大家睡觉都很警觉，根本不可能有什么人闯进来。

法庭接着又听取了被捕人的同父异母的兄弟乔治·迈纳的证词，以便得出最后结论。乔治说，在纽黑文老家，如果有哥哥威廉在，那便是一场梦魇。每天早上他都要指责人们想在晚上闯进他的房间骚扰他，他说自己受到了迫害。有坏人向他嘴里塞金属饼干，上面涂了毒药。家里的人和另外一些人串通一气，那些人白天躲在楼顶，夜里下楼来整他。他认为一切都是对他的惩罚，只因为他在军队里被迫做过一件事。他说只有到欧洲去才能躲避这些魔鬼。他要去旅游，画画儿，过一个正派文化人的生活——那时这些迫害者便会在夜间消失得不见踪影了。

法庭在忧郁的沉默中听了这些话，而迈纳医生则坐在被告席上双眉紧锁，面带羞惭。美国总领事为被告聘请的律师只说了一句话：很明显，当事人有精神病，因此陪审团应该把他当精神病人对待。

主审法官点头表示同意。审判这个案件的时间不长，但使人感到遗憾和不舒服。被告是个有教养有文化的人，一个外国人，也是爱国志士，他和被告席上经常出现的坏人完全不同。然而不论被告的地位和境况如何，法律必须按公正准确的原则施行。在某种意义上，这个案子的判决是势所必至，无可更改的了。

三十年来，审理这类案件的指导原则是麦克诺顿判例。麦克诺顿于一八四三年枪杀了罗伯特·皮尔爵士的秘书，但是被判无罪，原因是他已经疯了，无法分清是非。这个以责任定罪而非以行为定罪的原则，也适用于本案，法官对陪审团这样说。如果陪审团相信被告精神不健全而在幻觉中杀害了乔治·梅里特，那么陪审团就应该按常规体现英国司法中特殊宽大的精神。他们应该以精神失常为由认定威廉·切斯特·迈纳无罪，而让法官按需要和慎重的原则来实行监护看管的措施。

而陪审团也正是这样做的，他们没有讨论就一致同意了，时间是一八七二年四月六日下午。他们认为迈纳医生在法律上无罪，尽管大家，包括迈纳自己，都知道他杀了人。然后，主审法官对他宣布了唯一的判决——这类判决到今天还在使用，从语言上看颇有迷人的魅力，实际的含义却十分可怕。

"迈纳医生，你将受到安全的监护看管，直到女王陛下乐意变更之时为止。"法官的这个判决，包含着许多无法想象的、完全出乎意料的言外之意。它所引发的后果，直到今天还在英国文坛上激荡、回响。

内政部得到法院判决的通知以后，进一步决定，将迈纳医生关押在英国惩戒体系中新建的供参观的设施里。那是一大片红砖房，周围有高墙和尖栏，位于伯克郡克罗索恩村。考虑到迈纳医生严重的病情，内政部认为他的余生大概将在那里度过了。他应当尽快从萨里郡的临时拘押处转移到布罗德莫刑事精神病院去。

威廉·切斯特·迈纳医生，美国陆军上尉医官，出身于新英格兰古老而备受尊重的家族，一个自负却命运悲惨的人，从今以后将被正式称为布罗德莫七百四十二号，以"法定刑事精神病患者"的身份受到永久的关押。

Polymath (pǫ·limæp, *sb.* (a.) 亦作 7 **polumathe**。[源自希腊语 πολυμαθής 博学的，来自 πολυ 多 +μαθ, μανθάνειν "学习" 的词根。法语作 polumathe。] 学问丰富广博的人；熟悉多门学问的人。

1621 Burton：*Anat. Mel.* Democr. to Rdr. (1676) 4/2 "To be thought and held Polumathes and Polyhistors."（被认为学问丰富广博的人。）**a 1840** Moore：*Devil among Schol.* 7 "The Polymaths and Polyhistors, Polyglots and all their sisters."（熟悉多门学问的人，熟悉多种语言的人，以及他们的同类。）**1855** M. Pattison：*Ess.* I. 290 "He belongs to the class which German writers.. have denominated 'Polymaths'."（他属于德国作家称之为"博学之士"的那类人。）**1897** O. Smeaton：*Smollett* ii. 30 "One of the last of the mighty Scots polymaths."（苏格兰最后一批大学问家中的一员。）

Philology（flio·lŏdʒi）［见于乔叟著作中，源自拉丁语 philologia；见于 17 世纪著作中，可能来自法语 philologie，源自拉丁语 philologia，希腊语 Φιλολογία，为 Φιλόλογος 的抽象名词。后者意为：爱说话的；喜欢讨论或辩论的；研究文字的；喜爱学问和文艺的：来自 Φυλο PHILO - λóros 文字，说话等。］

1. 对学问和文学的喜爱；对文学的研究，广义，包括语法，文学批评与文学解释，文学、文字记录与历史的关系等；文学和古典学术研究；纯文学研究。

教牛学拉丁语的人

人们花费了七十多年的时间，才创造了十二巨册的初版《牛津英语词典》，每一册都如墓碑一般大小。这个庞大的、献给国王的文学杰作完成于一九二八年，最初称为《新英语词典》，最后命名为《牛津英语词典》，按词首字母被人们称为 *OED*。在随后的一些年里，又陆续编出了五卷增补本。五十年后，第二版词典把初版以及随后的增补本结合成一体，共达二十卷。从各方面来说，这套巨著都是真正的丰碑。用不着怀疑和辩论，直到今天人们都承认它是一个典范，是学习或运用英语的最权威的指导。这种语言，不论是好是坏，已经成为现代文明世界的通用语了。

英语是非常庞大复杂的语言，《牛津英语词典》则是非常庞大复杂的著作。它解释了多达超过五十万个词语。它的印刷符号达到几千万，它的手排字体连在一起长达许多英里，至少早期版本是如此。它巨大而沉重的卷册是用深蓝色布面装订的：全世界的印刷师、装帧师和装订师都把它奉为本行艺术的最高成就——既漂亮，又优雅，完全配得上它解释词语的透彻性和准确性，两者相得益彰。

OED 的指导原则，与众多其他词典相比卓然不同的，是它严格

依靠收集大量英语出版物及其他记载中的引语，用这些引语来说明每一个词的意义和用法。这种耗费大量劳动的不寻常的编辑方式，理由很简单，也很大胆：只有收集并出版经过选择的引语，词典才能以高度准确性来充分显示每一个词的多方面特征。引语能够准确说明一个词在许多世纪的发展过程中是怎样使用的；它怎样经历了词义各种意思的细微变化，以及发音和拼写的演变，更重要的是，每个词是在什么时候以怎样的方式第一次进入这种语言的。任何其他的编纂方法都不能够做到这一点。只有找到了例证，才能充分探讨一个词在过去的一切可能性。

回溯到十九世纪五十年代，词典创始人的想法是勇敢的，值得赞许的；然而这种方法在商业上有明显的不利之处：需要很长的时间才能按上述原则来编出词典；要使词典记录下语言的逐步变化，实在太费时了。最后编成的词典不但卷帙浩繁，而且需要同样多的篇幅才能不断更新，跟上时代的发展。由于这些原因，直到今天，它仍旧是生产费用极高、卖得极贵的书籍。

尽管如此，人们仍旧普遍认为 *OED* 的价值远远超过它的卖价。它不断印刷出版，销路一直不错。任何优良的图书馆都以它作为无可匹敌的基石——最基本的参考书。"*OED* 说……"成为英语世界每一个角落的议会、法院、学校、报告厅里的常用语，人们把引用 *OED* 视为当然，其使用还远不止上述范围。

词典以一种威严的自信来显示它的重要地位，它以维多利亚时代那种坚决肯定的语气来给五十万个词语下定义。有人说这个词典的语言太老式，太高调，甚至太傲慢。他们举例说，词典的编者在处理"bloody"这样一个小小的咒骂语时，竟然拘谨慎重得令人恼火：现代的编者把原来 *NED*（《新英语词典》）的定义放在引号之中——"下等阶级口语中常用，上流社会认为是'粗话'，等同于淫词秽语，在报刊（或警察报告等）中常印作'b——y'"。然而，现在他们下的定义又过于谨小慎微："虽然这个词对上流社会的耳朵来说很难听，但是并没有理由证明'bloody'含有亵渎的暗示……"

正是那些具有"上流社会耳朵"的人士，在词典里发现了不同凡响的东西：他们把它尊崇为英国文化精华的最后堡垒，是所有近代帝国最伟大的价值观的最后回响。

但是，甚至这些人也承认，词典在有些地方古怪得可笑，比如在选词和拼法的选择等方面。最近还出现了一个规模虽小却值得重视的学术团体，其中有些学者指责词典有种族主义和性别歧视的倾向，还有一种过时的、大国沙文主义态度。（作为牛津的永久耻辱，大家都公认在 *OED* 编纂的七十年过程中，居然"丢掉了"一个词，尽管只有一个，虽然在初版词典发行五年后，这个词在增补卷内补上了。）

诸如此类的批评很多，既然这部书是个不会移动的大靶子，将来还会出现更多的批评。然而，凡是使用过它的人，不论根据什么理论批评过它的缺点，似乎最终还是不可避免地叹赏它在词典编纂研究上的学术水平，羡慕它作为文学作品的价值。它是一部人们真正永久喜爱的书：一部使人肃然起敬的书，一部从古到今最重要的参考书。而且，由于英语持续不断的重要性，它将来可能仍旧是最重要的书。

本书的故事可以说有两个 protagonists（主角，主人公）。其中一位是迈纳医生，是个杀了人的美国军人，另外还有一位。在现代语言中，说某个故事有两个（或三个，或十个）protagonists 是完全可以接受的，不足为奇的。然而，碰巧就在 protagonist 这个词的使用上，引发了一场词典编纂学上的激烈争论。这个争论足以说明《牛津英语词典》编纂方法的独创性，也说明它发挥作用的时候具有何等强大的权威。

protagonist 这个词是很常见的，它的一般含义是"一个故事的主要人物""一场竞赛的优胜者"，或"一项事业的提倡者"。在词典的一九二八年初版中，这个词得到了充分而恰当的解释，正如人们所期待的那样。

首先，这个词条显示了该词的拼法、发音和词源（它源自希腊语 πρῶτος，意为"第一"，以及 ἀγωνιστής，意为"演员"；也就是说，加在一起意为"戏剧中的主角"）。接着，*OED* 的显著特征就出现了，编者选用了一连串引语，共六条。词典的每一个词条平均大约使用六条引语，有的还要多些。编者把引语分列在两个小标题的下面。

头一个标题下面列出三条引语，表明这个词的意思是"戏剧中的主要人物"；后面三条引语表现了细微的差别，说明词义是"竞赛的领先者"或"事业的大力支持者"。大家公认第二类词义是现代比较常用的，第一类词义比较古老，现在有点过时了。

表明第一类词义的第一条最古老的引语，是词典编纂者像侦探一样从文献中追踪得来的，它来自约翰·德莱顿一六七一年的著作。"'Tis charg'd upon me, that I make debauch'd Persons.. my protagonists, or the chief persons of the drama."（"有人指责我，说我把道德败坏的人作为主角，也就是戏剧的主要人物。"）

　　从词典编纂学的观点来看，这大概就是 protagonist 这个英语词的起始点，它暗示这个词很可能就是在一六七一年被引入书面语言的，而不会更早。（但是 OED 并不能保证完全正确。特别是有一批德国学者，专门热衷于找出比 OED 引语更早的引语来赢得一场场词典编纂学的较量，并以此为莫大的乐趣。算一笔总账，单是德国人就找到了三万五千条更早的引语，来证明 OED 的引语不是最早的；其他国家的人步子没有这么大，但是也都把他们追踪词汇的小胜利记在各自的账上。所有这些材料，牛津的编辑们一律傲慢而平静地接受下来，并不自封一贯正确，可以垄断一切。）

　　有关 protagonist 的那一条引语特别简明扼要，因为德莱顿把这个新词的意思在句子里表达得很清楚。所以，词典的编者认为达到了双重目的，既解释了词义，又确定了新词始用的时间，靠的只是一个作家的引语。

　　发现并出版引语来确定词语的意义和起源，当然并不是完美无缺的办法，但是对十九世纪的词典编纂学家来说，这是他们想出来的最好办法，而且直到现在也很难说有更好的。经常有专家对某个具体的条目表示异议，他的意见获得了成功；有的时候，词典被迫撤销原话，接受新发现的更早的引语，把某个词的历史上推若干年。幸运的是，protagonist 这个词迄今尚未在起始的时间上受到挑战。就 OED 看来，一六七一年仍旧没有错。这个词在英语词汇的庞大体系中已经存在三百多年了。

在一九三三年出版的增补卷中，这个词又出现了，带了一条新的引语。增补卷的产生，是由于在词典编纂的几十年过程中又积累了大量的新词，或旧词又有了新的词义。此时 protagonist 又增加了另一层意思——"某种运动或竞技的最优胜者"。一九〇八年出版的《草地网球运动大全》中的一句话，被引证出来支持上述的词义。

这时争论产生了。一九二六年第一次出版的另一部关于英语的伟大著作——亨利·福勒的《现代英语用法》，大受读者欢迎。该书坚决认为 protagonist 这个词只能作为单数名词使用，意见和 OED 引用德莱顿语录所暗示的正好针锋相对。

该书认为，凡是违反单数名词用法的都是语法上的错误。不仅是错误，福勒还认为是荒谬。在一个戏剧中把两个角色都看作是最重要的，这根本讲不通。最重要的人物只能有一个，不可能两个人都是。

花了五十多年的时间，才解决了这个问题。一九八一年的增补卷以典型的威严语气来和容易激动的福勒先生（当时已经逝世）唱对台戏。增补卷提供了一条新的引语，进一步证明这个词可以根据不同需要用作单数或用作复数。它引用萧伯纳一九五〇年写的一句话："Living actors have to learn that they too must be invisible while the protagonists are conversing, and therefore must not move a muscle nor change their expression."（舞台剧的演员必须明白，在主角对话的时候，他们不应该引起观众的注意，因此不能有任何动作，也不能改变表情。）词典大大扩充了一九二八年初版的定义，并解释说，语言学上的权威，福勒先生，从技术层面上说也许是对的，但那只限于这个词初次在古典希腊戏剧中使用的时候。

在现代英语的常识世界里，任何故事有两个或更多的主角是完全讲得过去的。大词典的目的就是要解释或描绘我们这个常识世界，用编词典的行话来说，就是要界定这个世界。许多戏剧都可以容纳一个以上的英雄人物，他们都具有英雄品格。如果古希腊戏剧只能有一个英雄，那只好听之任之。在别的地方，剧作家愿意写多少英雄都可以。

现在，有了二十卷的第二版词典，初版词典和增补卷的一切材料都完全结成一体，新词和新的变化形式应有尽有。protagonist这个词以当前认为最正确的界定出现在读者面前：它有三个含义，十九条引语。德莱顿的引语依旧保留不变，是该词的第一个出处，而且是复数形式。为了强调复数形式完全可以接受，除了萧伯纳的引语之外，又从《泰晤士报》、惊险小说作家兼中世纪学者多萝西·塞耶斯的著作中找出了更多的引语。于是，这个词就这样永久地定下来了，OED 以不可动摇的权威宣布它既可作单数也可作复数使用。

上述观点碰巧对我们的故事也正合适——我们也有两个主角。

第一个是威廉·切斯特·迈纳医生，公认的美国精神病杀人者。

另一个人的生活年代与迈纳大体相同，但在其他方面却不一样。他名叫詹姆斯·奥古斯都·亨利·默里。这两个人的生活注定要奇怪而紧密地纠结在一起。

而且，两个人的生活都注定与《牛津英语词典》纠结在一起。这第二位，詹姆斯·默里，在一生的后四十年里当了《牛津英语词典》名不虚传的最伟大的主编。

詹姆斯·默里生于一八三七年二月，是哈维克镇上一个亚麻布商人兼裁缝的长子。他的家乡是个美丽的商业集镇，位于苏格兰边境蒂维厄特河谷之中。他希望世人了解的关于的他的情况，也就这么多了。在十九世纪末，当他声名渐著的时候，他写道："我是个小人物。把我看成太阳神话，看成一个回声，一个无理数吧。或者根本不要理睬我。"

然而历史不能够不理睬他，因为他是英国学术界的泰斗。在他生前，荣誉像雨点一样洒满他全身；在死后，他成了传奇英雄人物。他的孙女伊丽莎白清理了他的大批文件，在二十年前首次披露了他的童年生活。她津津有味地暗示说，尽管他早年朴实无华，看不出有什么出息，实际上却命定要担当大任。

他幼年早熟，神态庄重，后来渐渐长成很有学问的青年。身材高挑，头发留得很长，很早就蓄起了红亮亮的胡子，更增加了他严肃的气派。他在学校练习本的扉页上大书："知识就是力量。"他十五岁便学习了法语、意大利语、德语、希腊语，而且还像所有的学生一样，学习了拉丁语。因此，他在练习本的扉页还加了一句："Nihil est melius quam vita diligentissima."（拉丁语：勤奋的一生胜过一切。）

他求知的胃口大得惊人，对各种各样的学问都有浓厚兴趣。他独立考察当地的地质和植物；他找了一个地球仪来学习地理，从此培养了对地图的爱好；他收集了许多教科书，从中不厌其烦地学习历史；他观察周围的自然现象，努力把观察结果牢记在心。他的弟弟记得，有一天半夜里他把几个弟弟从梦中叫醒，叫他们看天狼星在地平线升起。原来他计算过天狼星运行的轨道，那次它的出现证明他的计算是完全正确的；睡眼朦胧的全家都为他高兴。

他特别喜欢访问对历史事件有亲身经历的人；他曾经访问过一位老者，这老者的朋友出席过一六八九年威廉和玛丽共同登基的典礼。他爱听母亲反复讲述有关滑铁卢胜利的传说。他自己有了孩子的时候，允许孩子们围绕在年老的海军军官膝前，听他讲对拿破仑投降的亲身见闻。

他十四岁便离开了学校，当时英国的穷孩子大多是这样；没有钱供他到附近的梅尔罗斯去上付费的文法学校。不管怎么样，父母倒颇有信心，相信这孩子有能力自学成才，靠的是他自己说的 vita diligentissima（勤奋生活）。双亲的希望没有落空，詹姆斯的知识果然不断增进。他对知识有天然的热爱，求学的方法也往往与众不同。

在苏格兰边境区的考古地点，他努力从事挖掘，因为这一带靠近罗马人建筑的哈德良长城，埋藏着丰富的古物；他还试图教牛群对拉丁语的呼唤作出反应；他在小小的油灯下大声朗读法国作家奥比尼的小说，翻译给家里人听，叫他们听得入迷。

有一次，他把许多束鸢尾花捆在手臂上，想发明一种新的水上救生用具。但是他计算的浮力不对，在水里翻了个倒栽葱。他又不会游泳，差一点淹死，他的朋友抓住他的长领结才把他拉了上来。他从路过的吉卜赛人那里学习吉卜赛语，记住了几百个短语。他学着用小小的图案和花饰来装点自己写的文章，就像中世纪彩饰书稿的僧侣所做的那样。

到了十七岁，这位"善辩、真诚、单纯"的青年在家乡当了小学副校长，努力传授他靠勤奋学到的知识。二十岁他成为当地正规学校（学生十岁到十六岁，学费每学期一几尼）完全合格的校长。他和弟弟亚历山大都加入了互助共进学院哈维克分院，这是维多利亚时期苏格兰最有代表性的学术团体。他作了生平第一次演讲："读书的愉快与裨益"，还不断向哈维克镇的文学与哲学研究会提交学术论文，论述他新近喜爱的语音学、苏格兰语的基础和发音起源，以及盎格鲁—撒克逊语的魅力等。

然而，这些早期的希望似乎一下子破灭了，起先是由于爱情，然后是由于悲痛。一八六一年他二十四岁，遇到了漂亮而纤弱的幼儿园音乐教师玛吉·斯科特，第二年便结婚了。他们的结婚照片上，詹姆斯显得出奇地高，穿一件不合体的上衣和一条皱巴巴的裤子，两个手臂长得垂过了膝盖，隐隐然像个猿猴；他的胡子乱蓬蓬的，头顶已有点秃，两眼眯着凝视远方，那神情说不上是快活还是不快活，但充满着思绪，似乎有一种预感在分他的心。

两年以后，他们有了一个女儿，起名安娜，然而在襁褓中便夭折了。这类不幸在当时很寻常。玛吉染上了严重的肺结核病，哈维克的医生说她大概过不了苏格兰下一个漫长而严酷的冬天。医生建议的治疗方法是到法国南方去暂住。但是詹姆斯的教师薪金那样微薄，根本无法考虑这个问题。

不得已，这对可怜的夫妇只好到伦敦去，在佩卡姆找个简朴的地方住下。詹姆斯·默里已经二十七岁，由于家境的逼迫，只好失望地放弃了他的一切学术追求——他的考古发掘、文献钻研，以及语言学、语音学、词源学上的各种见解。他那时已经就这些问题与著名学者亚历山大·麦尔维尔·贝尔保持着活跃的书信来往。这位贝尔先生便是更著名的亚历山大·格雷厄姆·贝尔的父亲。

经济上的需要和做丈夫的责任迫使他在伦敦当了一个银行小职员，其前途可想而知。然而他一心爱着玛吉，从不抱怨。随着他戴上绿眼罩，穿上浆过袖口的衣服，坐在印度渣打银行伦敦总行的高椅子上过日子，看起来他的故事就要面临灰溜溜的结局了。

事实却不是这样。没过几个月，他又回到自己的轨道上来了。他又恢复了奇奇怪怪的研究——在每天上下班的路上，他学习印度北部的兴都斯坦语和阿契美尼德王朝时代的古波斯语；他从伦敦警察的不同口音里推测他们的家乡是苏格兰的哪些地方；他在坎伯维尔的公理会教堂作题为"人体及其结构"的演讲。（该教堂是戒酒协会的活动基地，他是戒酒协会的活跃分子，终生滴酒不沾。）他居然能以一种客观超然的态度，观察他的爱妻病危时夜间说胡话的状况，发现她说的不是当教师时的文雅话，而是幼时的苏格兰土话。这个小小的发现对于他的学问谈不上什么补益，却多少能帮助他渡过苦难，缓解随后的丧妻之痛。

一年之后，詹姆斯和另一位年轻的女士订婚，再过一年，结婚了。他显然曾经爱过玛吉·斯科特，但是后来这位艾达·鲁思文在才智和社会地位方面与他更加相配，这也是十分明显的。艾达的父亲在印度半岛铁路公司工作，平生仰慕德国大学问家亚历山大·洪堡。她的母亲自称是女作家夏洛蒂·勃朗特的同学。詹姆斯与艾达始终恩爱，生了十一个孩子。前九个孩子，都按照詹姆斯岳父的意愿，以鲁思文为中间名字，置于起首的教名之后。

一八六七年詹姆斯·默里三十岁，他给大英博物馆写过一封求职信。信中展露了他那令人难以置信的广博学识，也表现了他从不在人前掩藏的坦诚态度。

我应当说，语文学，不论是比较语文学或是专门语文学，都是我毕生爱好的学问。我一般地掌握了雅利安语系和叙利亚－阿拉伯语系的各种语言与文学知识，不是说我样样都精通，而是说我掌握了普遍的词汇和结构知识，只要稍加努力，便能熟悉运用。我比较熟悉其中的几种，例如罗曼语支系中的意大利语、法语、加泰隆尼亚语、西班牙语、拉丁语，也稍懂一点葡萄牙语、瑞士沃州方言、普罗旺斯语，以及各种方言。在条顿语支系中，我相当熟悉荷兰语（我在商业来往通讯中要接触到荷兰语、德语、法语，偶尔还有其他语言）、佛来芒语、德语、丹麦语。对于盎格鲁－撒克逊语和密西哥特语我作过较深的研究，写过若干论文准备出版。我懂一点凯尔特语，目前正在学习斯拉夫语，对俄语已稍能运用。在古代阿契美尼德王朝波斯楔形文字以及古印度梵文方面，我为了研究比较语文学也懂得一些。我对希伯来语和古叙利亚语的掌握程度，使我能够读懂希伯来语的《旧约圣经》和伯西托本《圣经》。我也略知阿拉姆的阿拉伯语、科普特语、腓尼基语，是格泽纽斯语法入门的水平。

令人无法相信的是，大英博物馆竟拒绝了他的请求。默里开始时非常沮丧，后来很快恢复过来了。不久，他又以非常特别的方式来取得安慰——他把美国缅因州印第安人和英国约克郡沼地农民在牧羊时点数的方法加以比较，从词汇学的观点来研究数字的意义。

如果默里没有和那两个人的友谊，他对语文学的兴趣也许只能停留在热心的业余爱好阶段。这两个人一位是剑桥大学三一学院的数学家亚历山大·埃利斯，另一位是语音学家亨利·斯威特，此人顽固而粗鲁无礼的恶名尽人皆知——萧伯纳后来以他为原型，在《卖花女》剧中创造了亨利·希金斯教授这一角色。《卖花女》后来又改编为常演不衰的歌剧《窈窕淑女》和同名电影，其中希金斯这个角色便由同样顽固而粗鲁无礼的演员雷克斯·哈里森扮演。

这两个朋友很快就把默里从一个业余爱好者变成了真正的语文学家。默里被推荐加入了威严的、外行绝对进不去的语文学会。对于一个十四岁便辍学，从来没有上过大学的青年来说，这可不是一个小成就。一八六九年他成了学会的理事。他离开了银行，重新回到教学岗位（执教于米尔希尔公学），于一八七三年发表了论文《苏格兰南部各郡的方言》——这篇论文得到普遍的赞誉，使他声名大振（他被邀请为第九版《大英百科全书》写有关英语史的文章）。他又得以结识了英国维多利亚时代最杰出的人物之一，疯头疯脑的流浪汉学者、语文学会的联合秘书长弗雷德里克·弗尼瓦尔。

尽管弗尼瓦尔专心研究数学、中古英语和语文学，有些人仍把他当成小丑、驴、傻瓜、臭名远扬的花花公子（批评他的人多得很，他们大肆宣扬他过去的丑事，说他父亲在他年轻的时候开过一个私人精神病院，是专为他而设的）。

他是社会主义者和不可知论者，也是素食主义者，"终生不近烟酒"。他爱好体育，醉心划艇运动，尤其喜欢给漂亮的年轻女招待（从新牛津街的 ABC 茶馆招募而来）当教练，让这些姑娘把他自己设计的细长赛艇划得飞快。有一张一九〇一年拍摄的照片：他满脸淘气地傻笑，周围是哈默史密斯女子划船俱乐部的八位漂亮姑娘，都是训练有素而心满意足的样子。这些女孩们虽然穿的是长裙，衬衫却紧绷在丰满的胸脯上。背后还站着一个维多利亚时代必不可少的女监护人，穿一身黑哔叽套服，一脸严肃。

弗尼瓦尔确实是个骇人听闻的轻薄儿。许多人谴责他，说他犯了双重不可饶恕的罪：他起初和一位小姐的女仆结婚，后来又把她抛弃了。这都是上流社会齐声斥责的行为。大批出版商和编辑都拒绝与他合作，说他毫不谨慎得体……出口直率如儿童，冒犯甚多，往往陷入不体面的争吵……而且公开敌视宗教与阶级区分，这既不合理，又给他人带来痛苦。

但是，他是一个才华横溢的学问家。像詹姆斯·默里一样，他对知识有着不倦的渴求。在仰慕他的朋友中，有阿尔弗雷德·丁尼生勋爵、查尔斯·金斯莱、威廉·莫里斯、约翰·罗斯金（迈纳医生在伦敦的良师），以及约克郡的作曲家弗雷德里克·戴流士。有一位肯尼思·格雷厄姆在英格兰银行工作，也是划艇运动的爱好者。他对弗尼瓦尔佩服得入了迷，因此写了一篇童话《柳林风声》，把弗尼瓦尔写成故事中的水老鼠。在童话里，蛤蟆说："我们学会了他们了。"水老鼠纠正说："不对，我们教会了他们。"弗尼瓦尔也许是个捣蛋鬼，但同时也常常是正确的。

弗尼瓦尔可算是格雷厄姆的良师益友，然而在詹姆斯·默里的生活中，他起的作用更加重要。默里的最新传记作者赞美说，弗尼瓦尔对默里的"启发诱导，常常到干扰和讨厌的程度，但永远有着十分强烈的影响，他对默里的关照甚至超过了对生活的热爱"。

在维多利亚时代，他是最富维多利亚色彩的；在英国人当中，他是最有英国味儿的。作为英国最卓越的语文学家，他自然要担当大任，在构建伟大的新词典的过程中起支配一切的作用。

由于弗尼瓦尔的友谊和大力支持，也由于埃利斯和斯威特的帮助，终于促成了最令人满意的结果。一八七八年四月二十六日下午，詹姆斯·奥古斯都·亨利·默里应邀到牛津去，到基督教会学院去参加牛津大学出版社的委员会议——英国最杰出的精英人物的一次庄严聚会。

这些人都是了不起的人物——基督教会学院院长亨利·利德尔（他的女儿爱丽丝使学院的数学家道奇森爱得入了迷，为她写了一本"漫游奇境"的故事）；德国莱比锡的语文学家、东方学家、梵文专家马克斯·缪勒，当时任牛津大学比较语文学教授；历史学教授威廉·斯塔布斯，他使历史学成为维多利亚时代备受尊敬的学科；基督教会的牧师、古典主义学者埃德温·帕尔默；新学院院长詹姆斯·休厄尔，等等。

大教堂，大学问，大抱负，这些人都是一代风流。在英国最骄傲最自信的时代，他们设计了伟大的学术工程。正如伊桑巴德·金德姆·布律内尔之于铁路与桥梁，理查德·伯顿爵士之于非洲探险，罗伯特·福尔肯·斯科特之于南极考察，这些人在创建不可磨灭的学术纪念碑方面是最杰出的——他们创造的书，将成为全球各大图书馆的基石。

他们对默里说，他们有一个项目，也许默里博士会感兴趣。但有关各方都没有想到，这个项目会使默里和另一个人迎面相遇，两人的兴趣和虔诚竟不谋而合，真是一件怪事。

粗粗一看，威廉·迈纳与默里的不同之处似乎超过了相同之处。他很富而默里很穷。他出身高贵而默里出身低微，虽然还算正派。他们年龄只差三岁，基本上算同龄人，但是国籍不同。他的家乡和默里的英伦三岛相隔数千英里，当时一般人都觉得是可望而不可即的。

Lunatic (liūnǎtik) *a.*[源自晚期拉丁语 lūnātic-us，来自拉丁语 lūna 月亮：见 -ATIC。比较法语 lunatique，西班牙语, 意大利语 lunatico。]

A. *adj.*

1. 原义，周期性的精神错乱，据说为月亮周期的盈亏所导致。在现代用法中与 Iɴsaɴe（疯狂）同义，流行于大众语和法律用语中，但不为医生在医术用语中使用。

战争的疯狂

锡兰，葱茏繁茂的热带岛屿，像一滴泪珠挂在印度的南端——又像一只梨，一颗珍珠，有人还说像一只弗吉尼亚火腿。世界上戒律森严的传教士们，把它看作亚当和夏娃遭上帝驱逐后流亡的地方。它是负罪者的伊甸园，是经不起诱惑的人居住的地狱边缘。

如今它被称为斯里兰卡。过去阿拉伯航海商人称它为 Serendib。十八世纪时霍勒斯·沃尔浦尔编过一个奇妙的故事，说这个岛上有三个王子，他们总是凭运气碰到各种神奇的好事。由此，英语词汇里又增加了一个词 serendipity，意为"神奇的好运"。但故事的作者并未去过东方，也不知道那个词的来历。

然而沃尔浦尔碰巧说对了，那个故事的准确性超过了作者的实际所知。锡兰真是个堕落者的宝岛，凡是热带能满足感官肉欲的东西，这里应有尽有，足以诱惑一切，迷醉一切。这里有肉桂和椰子，咖啡和茶；这里有蓝宝石和红宝石，芒果和腰果，大象和豹；而且到处是温润甜美的轻风，充满着大海、香料和鲜花的气息。

这里还有许多姑娘——棕色皮肤的、赤裸的、嘻嘻哈哈的年轻姑娘，有着光滑湿润的身体，玫瑰花苞似的奶头，长头发，飞快的腿，耳朵后面戴着鲜红或紫色的花朵。她们在印度洋的白色海浪中嬉闹玩耍，然后，不知羞耻地在清凉潮湿的沙滩上奔跑，一路跑回家去。

小威廉·切斯特·迈纳记得最清楚的，就是这些不知姓名的乡村姑娘——她们几十年前赤身裸体在僧伽罗的白浪中嬉戏，今天锡兰的年轻姑娘仍然是这个样子。他后来断定说，就是这些年轻姑娘不知不觉使他最终走向无休止的情欲，走向疯狂，走向沉沦。他十三岁的时候第一次看到这种迷人的场面，感受到一种色情的震颤。从那时起，他就摆脱不掉可耻的性欲的困扰，这困扰使他兴奋，使他筋疲力尽。

威廉·迈纳一八三四年六月出生于锡兰岛，比詹姆斯·默里早三年多；二人的出生地相距足有五千英里，可是后来却紧密联系在一起了。两家人的生活差距也很大，但有一点却是共同的——他们都是虔诚的信徒。

默里的父母托马斯和玛丽是基督教公理会的教徒，遵奉十七世纪苏格兰的保守主义教规，属于所谓"誓约派"。迈纳的父母伊斯特曼和露西也是公理会教徒，但属于北美殖民地流行的强大的福音派，其观点和信仰来自清教徒的祖辈。伊斯特朗·斯特朗·迈纳懂印刷技术，开办印刷厂赚了不少钱，后半生却投身于传教事业，想把简朴的美国新教教义送到东印度群岛蒙昧的内地去。迈纳夫妇在锡兰传教，威廉就是在教会诊所里降生并进入这个虔诚的传教家庭的。

和默里家族不同，迈纳家族在美国属于第一流的望族。最早定居新世界的始祖名叫托马斯·迈纳，原籍是英国格洛斯特郡的丘·马格纳村。首批清教徒登陆美洲不到十年，托马斯便乘"幼狮号"航船横渡大西洋，在长岛海峡峡口的斯通宁顿港（离米斯蒂克不远）上岸。托马斯和妻子格蕾丝生了九个孩子，其中六个是男孩。从此，迈纳这个姓氏就遍布于新英格兰。这个家族信仰虔诚，行为端正，在十七世纪末被公认为康涅狄格州的创建者之一。

伊斯特曼·斯特朗·迈纳一八〇九年生于米尔福德，是美洲迈纳家族的第七代长子。当时，家族的各支系兴旺发达、生活安定、备受尊敬。一八三三年，伊斯特曼在波士顿与当地女子露西结婚。当他们决定关掉印刷厂，从萨勒姆港乘船到锡兰去的时候，几乎每个人都认为这是光荣的义举。他们的虔诚是众所周知的。尽管这对夫妇有钱也有地位，他们却宁愿长期离开家乡去尽基督徒的责任，向远方的不幸者传布福音，而且为此感到愉快。

他们一八三四年三月到达锡兰，定居在曼尼培村的传教所里。该村位于锡兰岛的东北海岸，离英国海军的港口亭可马里不远。仅仅三个月以后，六月，威廉便降生了，他的母亲刚遭航海晕船之苦，又受怀孕分娩之难，真是饱受磨炼。两年以后，第二个孩子降生了，和母亲一样名叫露西。

从威廉幼时的病历来看，他的童年和粗野结实的印度孩子差不多——锁骨曾因堕马而折断，曾从树上摔下来不省人事，患过轻度的疟疾和"黑水热"①。但是实际上他的生活与一般正常的儿童相差很远。

他的母亲在他三岁时就死于肺结核。两年以后，父亲伊斯特曼不但没有带着两个孩子回美国去，反而到马来半岛长途旅行，一心想在传教士的团体中找第二个妻子。他把小女儿托给僧伽罗巫都维尔村的一对传教士夫妇照管，带着小威廉登上了一条东行的不定期货轮。

父子二人先到新加坡，经朋友介绍，又加入了一个美国传教士团体，沿半岛北上到曼谷去传布福音。团体里有一位漂亮的女教士，名叫朱迪丝·曼彻斯特·泰勒，来自纽约州麦迪逊市，父母都已亡故。伊斯特曼与她互献殷勤，还巧妙地躲开了小男孩好奇的眼光。父亲说动了朱迪丝小姐随他乘船回到锡兰，在美国驻科伦坡领事的主持下举行了婚礼，时间是一八三九年圣诞节前不久。

朱迪丝像她的丈夫一样精力旺盛。她开办学校，学会了当地的僧伽罗语，还教她那非常聪明的继子学僧伽罗语，后来，她还让自己生的六个孩子到一定年龄都来学习。

伊斯特曼与朱迪丝所生的两个儿子后来夭折了，一个才一岁，另一个五岁。还有一个女儿在八岁时死去。威廉的亲妹妹露西二十一岁时死于肺结核。（许多年以后，威廉的另一个同父异母的弟弟托马斯·T.迈纳死得很离奇。托马斯去了美国西部，先在内布拉斯加州温内贝戈人中间当医生，后来在新开辟的阿拉斯加领土搜集动植物

---

① 疟疾的一种，尿深红或黑色。——译者注

标本，最后去了汤森港和西雅图市，当选为西雅图市长。一八八九年他与朋友 G.莫里斯·哈勒乘小舟远征惠德比岛，一去不返，船和遗体都未找到。西雅图市至今尚留存着迈纳街和托马斯·T.迈纳学校。在那个城市里，迈纳这个姓氏多少有点相当于开拓精神、魅力和神秘。）

曼尼培村的传教图书馆藏书丰富。虽然据朱迪丝的日记说，家里的居住条件"很差"，但是教会办的学校却非常好，这使得小威廉受到的教育，比他在新英格兰老家能受到的可能还要好。他父亲让他帮忙干点印刷工作，使他有机会接触报刊和文学。他父母骑马或坐马车外出旅游，往往带着他同去，鼓励他尽量多学一点当地的语言。他十二岁时已能流利地讲僧伽罗语；缅甸语也有一定的基础，印地语和泰米尔语都懂一点，还能杂七杂八懂点儿中国方言。他去过新加坡、曼谷、仰光，了解这些城市，还去过当时英属马来亚海岸的槟榔屿。

后来威廉对他的医生说，十三岁时，他第一次对海滩上年轻的锡兰姑娘产生了"情欲"，这种欲望在他变化不定的生活中似乎成为罕有的不变因素了。十四岁时，他父母可能已经察觉了他青春期的萌动，决定送他回美国去，让他远离热带的各种诱惑。他将住在叔父阿尔弗雷德家中，叔父当时在纽黑文市中心经营一家大陶瓷店。于是，威廉从科伦坡港出发，登上从孟买到伦敦的班轮，踏上了漫长难熬的海上征程。那时（一八四八年）苏伊士运河还未修建，海路必须绕行好望角。

他后来承认，在航行中，也有过情欲的经历，生动地留在了他的回忆中。他特别记得在轮船上遇到一位年轻的英国姑娘，"猛烈地吸引了"他。似乎没有人在事前提醒他：热带海洋漫长的日日夜夜，海浪不停地缓慢颠簸，加上女人们都喜欢穿短而薄的衣服，酒吧里异国情调的美酒——这一切都足以引发风流韵事，过去如此，现在也如此，特别是男女双方都没有父母跟随的时候。

海上的四个星期里，似乎发生过不少事情，但没有什么决定性的变化。尽管两人单独在一起消磨了许多时间，但他们的情谊并未产生任何后果。多年以后，迈纳告诉他的医生，正如他对年轻的锡兰姑娘想入非非时那样，他始终不曾"以不自然的手段满足自己"，换句话说，他没有听任自己的性欲占了上风。否则，事情的结局也许就完全不一样了。

宗教信仰特别虔诚的人，或许都有一种负罪感，像侍女一样跟随在左右。威廉的负罪感这时也许进行了干预，其作用甚至超过少年人的羞怯感或自然的持重。从那以后，在威廉·迈纳漫长痛苦的一生中，性欲和负罪感似乎注定要牢牢铆接在一起。他后来向询问他的人不断表示歉意，说自己思想"淫荡"，他感到"羞愧"，他曾经努力不"屈从"这些思想……他似乎不断向四处张望着、提防着，不让他的父母（也许是他幼年失去的生母，也许是常常导致男孩子精神出问题的继母）发现他日益错乱的心中突然冒出什么"邪恶的诡计"来。

在威廉·迈纳才十几岁的时候，上面那些感觉尚处在萌芽状态，他还不曾为之担忧过。他要追求自己的学业，勤奋地追求。他从伦敦换船到波士顿，然后回到纽黑文老家，在那里开始了在耶鲁大学攻读医学的紧张生活。他的父母和几个弟妹在六年后，即他二十岁时，才回到美国。这段时间里，他埋头学习，将后来深深困扰他的烦恼也放到了一边。在随后他担任实习医生的九年里，情况也是如此。

他通过了所有的考试，没有遇到什么明显的问题。一八六三年二月，二十九岁的他从耶鲁大学医学院毕业，专长是比较解剖学。现在记录中唯一的一件祸事是：他为一个死于败血病的病人做尸体解剖时划破了手，发生了严重感染。他反应相当快，在伤口抹上了碘酒，但仍旧不够及时。别的医生说，他当时病得很重，差点送了命。

这时他已经是个成年人了，在东方的生活以及在美国最优秀的大学里学习，都给了他一定的锻炼。他对自己的心理处于脆弱状态毫无所知，随即步入了一生中最受创伤的时期。他申请参军当外科军医——当时的军队迫切需要医务人员。那个军队自称为联邦军：年轻的美利坚合众国也处在生命受损害最严重的时期。美国内战正在激烈展开。

当威廉·迈纳签署第一个参军合同的时候，战争已经差不多过半了（当时人们自然还不知道这一点）。军队安排迈纳在纽黑文的奈特医院接受训练，离家很近。战争已进行了八百天：人们经历了萨姆特堡、克拉克、哈特拉斯、亨利诸次战役，第一次和第二次牛奔河战役，钱塞勒村、弗雷德里克堡、维克斯堡、安提塔姆等地的战斗，还有几十次大小战斗，多得无法逐一纪念和歌颂，其中包括密西西比大黑河桥、第十号岛、密苏里、克里克联盟、肯塔基等诸次战斗。南方节节胜利。北方的联邦军在八百天的苦战中，遭受了许多挫折，急需招募补充人员：它自然乐于接收威廉·切斯特·迈纳这样胜任本职工作的耶鲁毕业生和地地道道的北方人。

迈纳参军四天后，一八六三年六月二十九日，葛底斯堡战役开始了。这是整个战争中最惨烈的一次战役，也是战争的转折点，从此南方军的军事野心就逐渐破灭了。迈纳在纽黑文每晚看到的报纸，详细报道了战斗的进程。联邦军方面伤亡达两万人，小小的康涅狄格州在其中占了很大的分量。仅在七月份的三天内，康州派到宾夕法尼亚战场上作战的人员就损失了四分之一。林肯总统在六个月后将此处视为死者的纪念碑，并称世人将永远不会忘记他们在这里作出的牺牲。

有关这次战役的消息无疑使年轻的外科医生激动不已：这么大的伤亡人数，一个精力充沛、年轻有为的医生在那里有大量工作可做；再说，看起来他已经处在胜利的一方了。八月他宣誓为军队效力，十一月他签订正式合同，担任见习助理外科军医，服从外科军医总部的调遣。他的弟弟后来在证词中说，他迫切希望被派遣到战场去。

过了六个月，部队才完全同意调他到南方去。他在纽黑文度过了一段相对轻松的时期：在医院照料从远方战场送来的伤员——那些身心逐渐康复的人。然而，在弗吉尼亚北部的战场，情况就大不相同了。那是他第一次被派遣去的地方。

在那里，这场残酷血战的所有恐怖情景突然展现在他面前，令他始料不及。美国内战有一种无法逃避的尖锐矛盾，是过去和后来的战争都没有的：这场战争的武器是新式高效的，真是杀人如割草，然而医疗还停留在原始落后的阶段，刚刚有点改进。战争中已经使用迫击炮、滑膛步枪和米尼子弹，但是完全没有麻醉药、磺胺类药和青霉素。普通士兵的处境比过去任何时代都更恶劣。他们被新式武器伤得非常惨，却只能靠老式的办法凑合着疗救。

于是，战地医院里脏乱不堪，疾病流行，坏疽和截肢随处可见，伤员痛苦万状。伤口化脓被医生说成"可喜现象"，是愈合的征兆。急救帐篷内的呼喊声令人无法忘记那是激战中被新式枪炮摧残者的惨叫和呜咽。北方军死了大约三十六万人，南方军死了二十五万八千人。每死一个被新式武器伤害的人，就有两个人因疾病、感染和卫生环境恶劣而死去。

对迈纳来说，这一切实在太可怕了。他家乡的友人回忆说，他本是一个生性敏感的人，谦恭得有点过分，学究气相当重，不适于行伍生涯。他喜欢读书，画水彩画，吹笛子。一八六四年的弗吉尼亚根本不是这种温文尔雅的人应当去的地方。虽然现在已经无法确定，到底是什么事导致了他的疯狂，但战争环境至少可以说明，某个事件或一连串的事件触发了他的病，把迈纳医生推进了精神错乱的深渊。

　　根据我们对他第一次接触战争的处境的了解，我们有理由推测，他原本潜伏着的精神病就是在这时爆发的。说得具体一些，很可能是在一八六四年五月上旬，在弗吉尼亚州奥兰治县，那里进行了两天骇人的血战，后来人们称之为莽原战役。头脑最冷静的人在这次战役里也会受不住考验。这两天的战斗中发生的事，简直超出人们的想象。

　　为什么迈纳要到莽原战场去，现在并没有完全弄清楚。给他的书面命令原本是调他到华盛顿医务总局，接替某个叫阿博特的医生，然后去亚历山大里亚的师级医院工作。他最终是按照命令行事的，但在此之前，他先去了首都西南八十英里的战场，也许这是医务总局局长的安排。在战场上，他有生以来第一次，也是唯一一次，经历了真正的战斗。

　　莽原战役首先证实了一个看法，即一八六三年七月葛底斯堡战役的胜利，确实改变了美国内战的胜负大势。第二年三月，林肯总统把联邦军队的指挥权交给了尤利西斯·S.格兰特将军。格兰特迅速制订了计划，要完全摧毁南方军。在此以前，双方花了几周或几个月去反复争夺某些城镇和堡垒，在各处打遭遇战——这些零散无计划的战斗根本没有长远的战略意义。只要南方的军队完好无损，保持着战斗力，杰弗逊·戴维斯领导的南方政权就照样能存在。格兰特认为，只有消灭了分裂派的军队，才能消灭整个分裂主义势力。

这个雄伟的战略在一八六四年五月启动了——格兰特为了消灭南方军而整合起来的庞大的军事机器，从那时起越过了波多马克河滚滚向南。这次进攻所发动的战役，像利刃一般横扫南方大地。谢尔曼将军从田纳西州直冲佐治亚州，占领了萨凡纳城。十一个月后南方军主力便在阿波马托克斯投降。五年战争的最后一战在路易斯安那州的什里夫波特结束。所有这些，都是在格兰特将军开始行动后的一年内发生的大事。

但是这个战略在起始阶段是最不容易实施的，因为敌人受损尚微，抵抗也最坚决。在开头的几周中，尤其以第一天的战斗最为激烈。格兰特将军的队伍沿着蓝岭山麓挺进，于五月四日下午渡过拉皮丹河，进入奥兰治县。他们在那里和罗伯特·李麾下的北弗吉尼亚军遭遇。战斗从渡河时开始，一直打到格兰特的部队向斯波兹法尼亚进行侧翼包抄为止。短短五十个小时的激烈交锋，双方就战死了两万七千人。

在威廉·迈纳的故事中，这场大战有三个方面是特别重要的。

第一个方面是战斗的野蛮残暴以及战场地形的险恶。成千上万的人在一个完全不适合步兵战术的战场上面对面厮杀。那是一片平缓倾斜的荒野，密布着次生林和难以穿过的灌木丛。还有大片的沼泽，泥泞难行，充满蚊蚋和瘴气。五月的天气已经很热，离开沼泽和溪流较远的地方，树叶非常干燥，碰上火便熊熊燃烧。

战斗不能用大炮，因为炮兵看不清楚目标；也不能用骑兵，因为马不能驰骋。战斗只能靠步兵使用滑膛步枪来进行。步枪里装的是撕裂肌肤的可怕的米尼子弹，这种新式子弹在底部装有炸药，击中目标后炸开，扩大体内创伤。要不就是靠拼刺刀。伴随硝烟与高温的，还有另一个恐怖的东西——大火。

灌木着火以后，火势随强劲的热风吹遍了荒野。成百上千的人，不论是受伤的还是健康的，都葬身于火海，遭受最剧烈的痛苦。

一位医生记述道，士兵受的伤"什么样的都有：身体撕裂，四肢折断，头颅破损；有的人苦修般忍受着伤痛，有的人放声痛哭，有的人坚强地不动声色，有的人竟勇敢地欢呼——只丢了一条腿！"。原本就不顺畅的道路上拥挤着简陋的篷车，把被血浸透的伤员送到包扎站去。满身大汗、疲劳不堪的医生在那里竭尽全力地处理最可怕的伤情。

一位从缅因州来的军人怀着惊奇和恐怖的心情描写了大火："火焰闪着光，爆裂着，顺松树的树干往上升，从底部到树顶形成一个个展开的火柱。然后，火柱摇晃着倒了下来，火花像雨点一样纷纷洒下。在这一切的上空，高悬着浓烟形成的黑云，黑云朝下的部分被火光照得发红。"

另一个当时身处莽原战场的人写道：

> 森林猛烈地燃烧着。运弹药的车队爆炸了；死者在火中熏烤；伤者受不住热浪，拖着残肢一瘸一拐地逃走，在绝望中疯狂挣扎；每一个灌木丛都挂着沾着血的衣服残片。这景象好似

基督徒都变成了魔鬼，人间变成了地狱。

这场战斗的第二个方面，有助于我们理解迈纳令人困惑的病态的，关系到参战的一个特殊群体：爱尔兰人，也就是日后伦敦的房东太太作证时提到的，迈纳十分害怕的爱尔兰人。

战争中联邦军队里的爱尔兰兵约有十五万人。许多人是在他们居住的地方应募参军的，与美国北方兵混编在一起。但是也有一些自豪的爱尔兰人集体参加战斗，比如说第二旅就是爱尔兰旅。他们在整个联邦军队里作战最勇敢、最坚强。一位英国战地记者写道："凡是想铤而走险，不顾一切地干荒唐事时，就会把爱尔兰旅调来。"

这个旅参加了莽原战役：马萨诸塞州的第二十八团，宾夕法尼亚州的第一百一十六团，还有纽约州久享美名的爱尔兰部队——第六十三团、第八十八团和第六十九团。直到今天，每年三月的圣帕特里克节，爱尔兰人在纽约第五大道游行庆祝的时候，象征这些部队的队伍仍旧走在最前面。

但是和一两年前相比，一八六四年联邦军队里的爱尔兰人在情绪上起了微妙的变化。战争开始的阶段，在解放黑奴宣言公布之前，爱尔兰人坚决支持北方，强烈反对南方，因为在他们看来，他们所痛恨的英国是支持南方的，至少在早期是如此。他们参加战斗的动机很复杂——这与我们的故事也有重要的关系。他们是从饥饿肆虐的爱尔兰来的移民，在美国打仗并不是为了感谢这个新国家接济了他们，而是为了得到锻炼，希望有朝一日能够打回老家去，永远驱逐那些可恨的英国佬。有一首美国爱尔兰人的诗歌便证明了这一点：

> 当这里的联邦得到巩固，
> 恢复了和平与安康，
> 爱尔兰勇士啊，莫放下刀枪，
> 你们还要打垮另一个联邦。

爱尔兰人对于联邦事业的同情并没有保持很久。他们和美国黑人是激烈竞争的对手，双方在社会阶梯的底层争夺生存的机会，特别是工作机会。而当林肯在一八六三年宣布了解放黑奴，爱尔兰人便觉得他们凭白皮肤所占的竞争优势消失了，随之而来的，他们对联邦事业的同情也消失殆尽了。再说，他们觉得已经尽了自己的一份责任。一位爱尔兰人的领袖说："战争并不是我们引起的，可是我们许许多多人都为它而死去了。"

其结果，便是大批爱尔兰人离开了战场，特别是在他们发现爱尔兰部队被故意当炮灰的时候。他们开始逃跑，开始放弃。在莽原战役的烈火和血战中，自然也有大批爱尔兰兵逃跑。正是这种逃亡，以及对逃亡者的特殊惩罚，构成了威廉·迈纳精神失常的第三个原因，也许还是主要的原因。

和酗酒、违反军纪一样，士兵逃跑是美国内战中长期存在的问题——它的严重性在于消耗了司令官们急迫需要的兵力。战争拖得愈久，这个问题就愈大，因为随着时间流逝和伤亡增加，双方对于奋斗目标的热情也慢慢消退了。北方联邦军的总兵力大约为二百九十万人，南方同盟军兵力为一百三十万人。各自的伤亡人数分别为三十六万人和二十五万八千人。放下武器逃跑的人数也同样很可观：北方联邦军为二十八万七千人，南方同盟军为十万三千人。当然，这个数字是不够准确的，有些人逃跑了又被抓回去，让他们继续打仗，之后通常他们又再次逃跑，如此反复多次。然而，逃兵比例终归很大，在联邦军中占十分之一，而在南方叛军中占十二分之一。

在战争的中期，每月都有五千多人逃跑，有的在无休止的长途行军中掉队离开了，有的在炮火面前溜掉了。一八六四年五月，也就是格兰特向南方进军，打响莽原战役的那个月，联邦军的逃兵竟达五千三百七十一人。每天平均有一百七十多人离开了战场，志愿兵和应募兵都一样，由于心病，由于想家，由于消沉、厌倦、失望、军饷不足，要不就干脆由于害怕。威廉·迈纳从平静的康涅狄格州突然闯进的，不只是杀人如麻的恐怖世界，也是展现人类最不光彩行为的地方——充满惊恐、怯懦和无精打采的地方。

对于酗酒，当时军规给予的惩罚是相当灵活的，一般不过是让人在一只箱子上站几天，肩上扛一根木头。可是，说起逃跑，军规就一点不含糊了。任何人犯了"今生和来世都不能饶恕的罪"，都必须被枪毙。至少，纸面上是这样说的："临阵脱逃之罪当以死刑严惩。"

但是，不管犯什么罪，枪毙自己的兵总是不合算的——你自己的人数减少了，兵力弱了。这种严酷务实的算术使得南北双方的指挥官们想出了替代的惩罚办法。实际上，因逃跑而被枪毙的只有几百人，不过这些人的死都被大加宣传，好起杀鸡吓猴的作用。很多人都被投入监牢，单独禁闭，遭受鞭笞，或被处以很重的罚款。

其余的人，大部分是初犯，将遭受各式各样的当众羞辱。剃光头，或剃半个光头，身上挂块牌子，上面大书"胆小鬼"字样。有人被战地临时军事法庭判决，受一种叫作"弯腰"的刑罚——两只手腕窝在双膝下面紧紧捆住，再在膝下固定一根棍子，如此扭曲着一口气站上几天。这种严厉的刑罚往往会起到反作用。一位将军下命令把一个逃兵处以"弯腰"刑之后，他手下的人为表示抗议，竟逃走了一半。

还有把刺刀横卡在逃兵的嘴里，用细线固定起来。用绳子拴住大拇指，把人吊在空中，肩上扛一根铁棒，叫人骑在木马上，敲着鼓点游行示众；或者脱光衣服，只围一个木桶，到处行走。在田纳西州的一次可憎的处罚里，竟把人钉在树上，叫他上十字架。

要不然，就给逃兵打上烙印——这似乎是结合了痛苦和羞辱的最好办法。在屁股上、大腿上或脸上印一个 D 字母①——军规上讲得十分具体，字母的高度为一英寸半，以烙铁或剃刀为工具，伤口还要涂上黑色火药，既叫伤者疼痛，又让他永远抹不掉痕迹。

不知什么原因，团队里当鼓手的男孩子常常被叫来给逃兵抹黑火药，给逃兵上烙印的则常是军医。这正是威廉·迈纳被迫去做的事情，伦敦的审判记录就是这样说的。

①代表 Deserter，即逃兵。——译者注

一个爱尔兰人在可怕的莽原战役中被军事法庭认定犯了逃亡罪，应当受到烙刑。军事法庭由一名上校、四名上尉、三名中尉组成。法庭命令新派来的青年见习军医——这位白嫩文雅的少爷，刚从新英格兰山区来的耶鲁毕业生——来实施刑罚。那些久经沙场的军官们暗示，这对于迈纳医生是一种接受战争历练的好机会。于是，那个双手铐在身后的爱尔兰人被带到了他的面前。

　　这个人二十出头，满身污秽，头发蓬乱，由于在荆棘中疯狂奔跑，军服已经褴褛不堪。他筋疲力尽，像一只吓坏了的野兽。三年前他初到纽约曼哈顿西区的时候，充满了自信，满身的爱尔兰淘气劲儿，如今已经完全变了样。他经历了许多战斗，见过许多死亡，然而这场战争已经不再是他真正的追求——从解放黑奴以后就不是了。他所在的一方正在赢得胜利，不再需要他了，他跑了也不会有人想念他。

　　他要卸掉为异乡美国人承担的责任。他要回爱尔兰去，重新见到家人。在这场奇怪的异域争战中，他始终不过是个受雇佣的角色而已，这一切早就该结束了。他在宾夕法尼亚、马里兰和现在的弗吉尼亚野地里学到的战斗本领，应当用来对付可恨的英国人——他家乡的占领者。

　　但他企图逃跑是犯了大错。宪兵队的五名宪兵已经盯上了他，在他躲藏的山麓下的那个谷仓里把他抓了出来。军事法庭迅速集合，迅速审理，并下达判决：他要受三十下鞭刑，在鞭刑之前还要用烙铁把逃兵的印记永久地烙在脸上。

他向军事法庭求情，向他的看守求情。他哭号、喊叫、挣扎。但是几个士兵按住了他，迈纳医生从一筐烧红的煤炭中取出了烙铁——那筐煤炭是从部队钉马掌的铁匠那里匆忙借来的。迈纳犹豫了一下，流露出他内心的疑问，难道这也包括在他当军医的希波克拉底誓言条款中吗？军官哼哼着示意他干下去，于是，他便把烙铁压在这个爱尔兰人的脸上。肉发出咝咝的声音，血涌出来又蒸发成气体。被施刑的人不断尖声喊叫。

然后，事情就结束了。这个倒霉的人被带走，迈纳给了他一块浸了酒精的破布，他用破布捂着伤口。也许伤口会感染，会充满某些医生认为"可喜"的脓。也许它会溃烂成疮。也许它会起疱，疱会破掉出血。这些迈纳都不知道了。

迈纳肯定知道的是，这个印记将一辈子留在他脸上。在美国，这表示他是个胆小鬼，受过军事法庭的耻辱性惩罚；回到爱尔兰家乡，那就是另一回事了。这记号表示他在美国受过战斗训练，现在回到爱尔兰来一心要和英国当局作对。从此以后，他可以明确地归入爱尔兰民族主义的叛党之中。无论在爱尔兰还是在英格兰，每个警察或军人都能把他认出来、抓起来，不许他上街，在他活着的任何时刻，都有人来骚扰他、招惹他。

换句话说，他作为爱尔兰革命者的前途也就完了。他并不在乎在美国丧失了社会地位，但是由于一个战场上受罚的标记，今后在爱尔兰没法过日子，他会感到无比愤怒。他明白自己作为一个爱尔兰革命者或爱国者，已经没有用处、没有价值，有劲儿也使不上了。

他大概会感到，不管公正不公正，他的满腔怒火应该指向那个背叛了医生职业，毫无抗议便在他脸上印下永久性标记的人。他一定会横下一条心，永远痛恨威廉·切斯特·迈纳。

他发誓，战争一结束他就要回家去。一旦他在科布恩或邓劳格尔（或在科克、都柏林的海港）离船上岸，他就会告诉所有的爱尔兰爱国志士：美国人威廉·切斯特·迈纳是芬尼亚勇士团战斗组织的敌人，有朝一日要向他寻仇。

上面所说的，也许就是那个受烙刑者心中的想法，至少迈纳医生是这样认定的。后来迈纳告诉别人，他被战场上的所见所闻吓坏了。有的医生也推测，"战场见闻"是他犯病的原因。另外有个故事说，他目睹了一个耶鲁大学同班同学被执行死刑，因而情绪受到严重影响，但是这个故事没说清楚地点和时间。人们传说最多的，还是他害怕爱尔兰人虐待他、羞辱他，因为他在美国曾奉命对一个爱尔兰人施行了残酷的刑罚。

在法庭上，费希尔太太（他在兰贝斯坦尼生街的房东）是这样说的，有《泰晤士报》上的官方法庭报告为证。他被关进精神病院以后的几十年里，这个故事被多次引用来说明他的病因。直到一九一五年，他年纪很老了，才对华盛顿的一个记者讲了个完全不同的故事。但是，在此之前，人们一直认为这是他犯病的首要原因："美国内战时他给一个爱尔兰人上过烙刑，这件事把他逼疯了。"

短时间内迈纳尚未出现明显的病兆，大约一个星期以后，他就离开了红旗下的战地医院（当时美国尚不能使用红十字标志，到十九世纪六十年代末，日内瓦会议才批准美国使用），来到他原本应当报到的地方——亚历山大里亚市。

他五月十七日到达，先在奥维切医院工作，病人主要是黑人，是从南方"走私"来的——逃亡的黑奴。记录表明他曾在联邦医院系统内有过几次调动：在亚历山大里亚城总医院、斯劳医院都工作过。还有一封纽黑文老家的军医院寄出的信，要求调他回去，因为他工作成绩优异。

这样的要求是不寻常的，因为迈纳那时不过是个见习助理外科医生，属于最低级的医务人员。在战争中，联邦政府与五千五百人签订过合同，让他们担任最低级别的医务工作，其中有一些人极不胜任——有植物学家和顺势疗法专家，有行医开业失败的醉鬼，有欺诈病人的骗子，都是些没有进过正规医学院的人。战争结束后，这些人大都从军队里溜走了，根本不敢指望得到升迁或者正规的军衔。

威廉·迈纳可不一样。他全力投入工作。他的一些验尸报告现在还保留着，字迹清晰，语气自信，对病人的死因说得确定无疑。报告的内容是悲惨的——密歇根第一骑兵团的一位中士死于肺癌，一个普通士兵死于伤寒，另一个死于肺炎。这些病在内战期间非常普遍，治疗方法也相当愚昧可笑，无非就是用鸦片和甘汞这两样东西，也就是止疼药加泻药。

有一个验尸报告更有趣，是他在一八六六年九月写的，离莽原战役已过了两年。一个名叫马丁·库斯特的应募兵，"肌肉发达的壮汉"，在一棵杨树下站岗时遭受了雷击，已经不像个样子了。"军帽的左半边裂开，铜扣的表面脱落……左侧太阳穴的头发被烧焦……右脚的袜子和军靴裂开……一条淡黄和琥珀色的线纵贯他的全身，一直烧到阴毛和睾丸。"

这个报告不是在弗吉尼亚写的，作者已经不是见习助理军医。它写于纽约州的总督岛，迈纳签署报告的身份已是美国陆军助理军医。一八六六年的秋天，他不再根据合同为军队服务，而是享有正式军衔的军官了。许多同事没有做到的，他已经做到了——靠他的勤奋与学识，靠他在康涅狄格州的人事关系，他已晋升到正规军的较高职位。

他在康涅狄格州以及别处的支持者还没有在他身上发现精神病的早期症状。耶鲁大学的地质学家兼矿物学家詹姆斯·达纳教授（他编的教科书至今还在全世界使用）说，迈纳是"国内最优秀的半打青年之一"，任命他为正式军医"对军队有益，对国家的荣誉有益"。另一个教授把迈纳形容为"技术高超的医生，卓越的手术师，高效率的学者"——但是又加了一笔，说他在道德品质上"没有过人之处"，人们日后也许会把这话解释为一种警告吧。

通过正式军衔考试之前，迈纳必须在一种表格上签名，声明他不曾患有"任何精神或身体的疾病，以致妨碍本人在任何自然条件下高效率的工作"。他的测试者都一致同意：于一八六六年二月授予他正式军衔。当年夏天，他便到总督岛去执行任务，应付战后的重大紧急事件，美国东部的第四次，也是最后一次，霍乱大流行。

据说霍乱是爱尔兰移民带来的，他们那时正大批拥进移民的关口埃里斯岛。大约有一千二百人死于夏季的瘟疫。总督岛的医院和诊所也塞满了来求诊或被隔离的病人。迈纳在这几个月里不知疲倦地工作，他的付出得到了奖赏。那年年底，他由中尉晋升为上尉。

但就在这个时候，迈纳的行为出现了令人担忧的迹象，日后看来，也许就是精神病的早期征兆。他不穿军服时也携带起手枪来了。他违背军规，把执勤才用得着的科尔特点三八转轮手枪带在身边。这种枪有六发子弹的旋转弹膛，但是按习惯其中一个弹膛必须堵死，空出一发子弹来。他解释说，因为一位同营的军官从下曼哈顿的酒吧回来时被劫匪杀死了，所以他才携带武器。他说他也可能受到暴徒的跟踪和袭击。

他开始经常光顾曼哈顿下东区和布鲁克林区的酒吧和妓院。他开始习惯于一种乌七八糟的生活，一夜连一夜地和妓女鬼混，凌晨才坐划艇回到总督岛的杰伊要塞医院。他的同事们都感到惊异——对于一个文雅而勤勉的军官来说，这与他的性格完全不合。特别使他们惊异的是，他显然需要接受各种性病感染的治疗，如果有办法治疗的话。

一八六七年，他父亲伊斯特曼死于纽黑文。那一年他突然宣布与曼哈顿的一位青年女子订婚，使他的同事们大吃一惊。这个女子的姓名和职业现在已无法考证，很可能是他在寻花问柳时遇到的舞女或女招待。但是，女孩子的母亲和迈纳在康涅狄格的朋友可不一样，她觉得这个青年军官身上有点什么东西不对味儿，坚决要求女儿悔弃婚约。女儿只好照办了。在往后的年月里，迈纳绝口不愿提起这件事，也不谈他对于此事的感想。他的医生说，看来他对这事非常生气、耿耿于怀。

与此同时，军队上级对于他们的"宠儿"突然发生变化也惊愕不已。在知悉他的反常行为几星期之后，军医总局决定把他调离纽约这个诱惑人的地方，派他到乡下去，以免受邪恶之害。他被派往佛罗里达州不知名的巴兰卡要塞，实际上是降职了。这个要塞孤零零地守卫着墨西哥湾里的彭萨科拉湾，设施已经老化过时。一个古老的石头建筑，驻守着一小支部队，保护海湾与港口不受外敌侵袭。迈纳在这里当团部军医。对于一个出身好、教养好、抱负不小的青年来说，这真是一个屈辱的处境。

他于是对军队怨气冲天。他显然怀念过去的放荡生活。和他同桌吃饭的军官们注意到他总是闷闷不乐，有时还喜欢寻衅吵闹。他安静一点的时候便拿起画笔作画：佛罗里达夕阳的水彩画能给他安慰。他仍然是一个绘画高手。他的同事说他是个艺术家，是一个有灵气的人。

但是，他对于同事开始疑神疑鬼起来。他认为他们在不断议论他，总是斜着眼盯着他。特别是有一个军官爱招惹迈纳，取笑他、刺激他，整他的那些办法他都不愿细说。他要求和这个军官决斗，遭到要塞司令官的申斥。司令官说，那个军官本是迈纳最好的朋友，他们都不相信怎么无缘无故两个人就吵翻了天。谁也解释不清楚，最好的朋友怎么会策划着整你，耍阴谋诡计，想法子伤害你——这一切都说不通。迈纳似乎渐渐失去了理性。这事太叫人糊涂了，对他的家人和朋友来说，也太可悲了。

一八六八年夏天，事情发展到了高峰。据说，由于在佛罗里达的阳光下待的时间太久，迈纳上尉犯了剧烈的头痛和严重的晕眩病。他由护士陪伴着回到纽约，找他原单位的老医生看病。他受到详细的询问、检查和追根寻底的试探。到了九月，事情已经清楚，他得了重病。怀疑第一次得到肯定，医生正式指出他的心智开始失常。

一八六八年九月三日，外科医生哈蒙德签发了一份诊断书，说迈纳看来是患了偏执狂，即心中总想某个单一事件的精神病。到底想的是什么事，哈蒙德医生没有写出来，但是他认为迈纳的病情很严重，可以归入“妄想型”一类。那时他才三十四岁，但已经无法控制自己的思想与生活了。

一个星期又一个星期过去了，病历记录渐渐成堆，“病人不宜工作，也不宜旅行”成为普遍一致的看法。十一月，医生们建议采取果断措施：迈纳应该住院治疗，他应当进政府办的华盛顿精神病院，由院长、著名的医生查尔斯·尼科尔斯来照管。

一位医生在一封用合适而精美的铜版纸写成的信中写道：“偏执狂肯定有自杀或杀人的危险。迈纳医生表示愿意去精神病院治疗，但是希望允许不派人看守他。我认为目前他完全有这种能力。”

能去治病，但羞于公开。留存下来的另一封信也是为迈纳求情的，希望去精神病院的事不让人知道。"他认为去精神病院看病是一种耻辱。他不知道我写了这封信。如果有人能够设法使他接受治疗而同时保守秘密，他将十分感激。"

这些信都奏效了。出身名门、出身名校、种种关系都起了作用。第二天，没有看守跟随，迈纳乘特快火车经过费城、威尔明顿、巴尔的摩，到达华盛顿的联邦车站。他叫了一辆双人马车驶向华盛顿市东南，来到医院修剪整齐的草坪前。他走进石砌的大门，开始了他与精神病院一辈子的纠缠。

华盛顿的这所医院后来改称圣伊丽莎白医院，在往后的日子里名声不佳——大诗人埃兹拉·庞德就在此拘禁，企图刺杀里根总统的约翰·欣克利也是如此。在十九世纪末，这个医院还没有那么出名，它是全国唯一一所由政府办的精神病院，收治陆军和海军中经过确诊的精神病人，让他们在拘禁中慢慢康复。威廉·迈纳将在这里度过十八个月。但是，他这个病人颇受信任：院长允许他在草坪上自由活动，甚至让他无人陪伴地到附近的乡间去散步。一百五十年间华盛顿变化非常大，当年的乡间就是现在的贫民区。他还步行到市区去，从白宫前面经过；他每月亲自到军饷办公室去领取薪金。

但是，恐怖的妄想依旧折磨他。第二年九月，陆军的一队医生探视了他。"我们经过观察认为：迈纳医生的病情非常重，他恢复健康可能需要很长的时间。"他们对总医官这样报告。另一个医生表示同意："大脑机能紊乱愈加明显了。"

转年四月，他的长官们作出了悲观的决定：迈纳看来是永远治不好了，应该把他正式列入退役名单。在纽约市休斯顿街与格林街的拐角处（也就是现在很时髦的索霍区）的陆军大楼，举行了一次听证会来正式处理军人的退役事宜，以保证退役有事实为根据。

会议开得很长，气氛凄凉。听证团的席位上静静地坐着一名准将、两名上校、一名少校和一名上尉军医。医生一个接一个地提供证词，报告这位一度很有前途的青年是怎样走下坡路的。一个说，也许他的精神状态是佛罗里达的阳光晒得太久造成的；另一个说，这只是病情加重的原因罢了；也许一切都是由于他经历了战争的恐怖。

不管到底是什么导致了疯狂，听证团作出了唯一正确的行政处理结论。陆军的官方观点是：威廉·切斯特·迈纳上尉"由于执行任务的原因而丧失了工作能力"——这是一句至关紧要的话，因此，他应当立即退役。

换句话说，他是一名伤兵。他为国家效了力，受到了伤害，国家应该有所回报。如果说，他在锡兰受过美色的引诱，他的家庭发生过悲剧，他迷恋过妓女，得过 nostalgie de la boue ①，如果所有这些因素对他的精神失常都起了作用，那就算是这样吧。他尽了自己应尽的责任。美国陆军现在应该照顾他，他是山姆大叔名下的被监护人。他有资格在自己的姓名后面加上"美国退役军人"的尊称。

①法语：脏病，即花柳病。——译者注

他的薪金和养老金一律保留不变，事实上他终身都享受到了。

一八七一年二月，一位住在纽约的朋友写信说，迈纳已经被精神病院释放，正去往曼哈顿，暂住在西二十街一个医生朋友的家中。一星期之后，他已回到纽黑文老家，和弟弟阿尔弗雷德一起过夏天，拜访耶鲁的老同学，照料他已故父亲遗留下的商店——迈纳玻璃陶瓷用品公司。这个公司位于小教堂街二百六十一号，由两个弟弟阿尔弗雷德和乔治经营。一八七一年夏天和秋天是迈纳医生在美国度过的最后一段自由而宁静的时光。

十月，当新英格兰的金红色叶片开始飘落的时候，威廉·迈纳在波士顿买了一张到伦敦港的单程船票。他告诉朋友说，他打算在欧洲住一年，看书，画画，休息。也许到一两个矿泉疗养地去休养，到巴黎、罗马、威尼斯去观光。他要重新振作起紊乱的精神。一位耶鲁的朋友写了一封信，把他介绍给罗斯金。他一定会得到英国首都艺术界的赞誉。多少次，在军队的集会上，他听见人们称他为"具有基督教修养、品位和学识的君子"。他将使伦敦倾倒。他将恢复健康，变成一个新人回到美国。

十一月初的一个雾蒙蒙的早晨，他下了船，把美国陆军军官证件交给海关查验，叫了一辆小型马车到了拉德利饭店，离维多利亚火车站不远。他身上带着钱，还有书、画架、水彩和画笔。

而且，在一个日式盒子里，还稳妥地装着一支枪。

Sesquipedalian (se: skwipĭdē^{i.} liǎn)，*a.* 与 *sb.*[源自拉丁语 sesqui -pedālis: 见 Sᴇsǫᴜɪᴘᴇᴅᴀʟ 和 -IAN 。]

A. *adj.* **1.** 指字词和语句（据 Horace 的 sesquipedalia verba "一英尺半长的词"，A. P. 97）：多音节的。

B. *sb.* **1.** 一英尺半高的人，一英尺半长的物。

1615 *Curry-Combe for Coxe-Combe* iii. 113 He thought fit by his variety, to make you knowne for a viperous Sesquipedalian in euery coast.（他千方百计想让全世界都知道你是条一英尺半长的毒蛇。）**1656** Blount：*Glossogr* 。

2. 多音节的词语。

1830 *Fraser's Mag.* I. 350 What an amazing power in writing down hard names and sesquipedalians does not the following passage manifest!（下面一段文字显示的力量实在惊人，竟写了如此艰深的名称和多音节词语！）**1894** *Nat. Observer* 6 Jan. 194/2 His sesquipe lians recall the utterances of another Doctor. (他口中的多音节词语令人想起另一位博士的话。)

由此 Se: squipeda-lianism，爱用长字的风格；冗长。

搜集大地的女儿

也是在十一月里雾蒙蒙的一天，差不多四分之一世纪之前，在这场奇怪因缘的另一头，关键的大事开场了。然而，迈纳医生到达伦敦是在十一月的冬晨，住的是维多利亚区普通的旅馆，而另外这件大事则发生在十一月的冬夜，在梅费尔区特别讲究的、普通人进不去的地方。

日期是一八五七年十一月五日，适逢盖伊·福克斯节①，时间是晚六点刚过，地点是圣詹姆斯广场西北角的一幢狭长的高楼。那一带是伦敦最高雅、最时髦的绿洲，周围都是主教、贵族、国会议员的豪华住宅和私人俱乐部。市区内最漂亮的商店都离得不远，还有精美的教堂、华贵的办公楼、古老而庄严的外国使馆等等。圣詹姆斯广场边上的那幢楼房，对于这一带的大人物的精神生活，起着很重要的作用（现在依旧是这样，不过它的享受者已经增加了很多，这是值得高兴的）。它就是仰慕者眼中全世界最好的藏书所在地——伦敦图书馆。

①英国民间节日，在这一天要放烟花并焚烧福克斯的草人模型，以庆祝 1605 年国会纵火犯福克斯被擒。——译者注

伦敦图书馆原来在蓓尔美尔街，馆舍十分拥挤，十二年前移到这个地方。新楼既高大又宽敞，虽然今天已被新增加的几百万册书挤得快要爆裂了，但在一八五七年，装区区几千册书还是绰绰有余的。因此，管理委员会决定把多余的房间租出去，弄点额外收入。但是，明文规定只能租给学术团体，其成员追求的高尚目标应与图书馆相同，而且能与图书馆本身的读者会员打成一片——都是些上层社会派头十足的文人雅士。

房间分别租给了两个团体——一个是统计学会，另一个是语文学会。后者每两星期开一次会。就在星期四的一个寒冷的晚上，在楼上的房间里，举行了一次学术演讲会，它推动了一连串重大事件的进展。

演讲人是令人肃然起敬的牧师，西敏寺的教长理查德·切尼维克斯·特伦奇。在所有会员中，特伦奇博士可以算是最能代表语文学会雄心壮志的人了。他和二百名会员中的大多数人一样坚决相信：英语在全世界的不断传播，必定有某种神圣的旨意在发挥作用。

在伦敦那个阶层的人士中间，上帝当然被认定是个英国人，他自然赞成英语作为帝国的重要工具在全世界传布；上帝也鼓励由此产生的必然结果——基督教在全世界的兴盛。这个公式很简单，对全世界的好处也是毫无疑义的。英语愈在世界范围内推广，敬畏上帝的人也就愈多。（对于新教的长老则还有一层意义：如果英语最终超过了罗马天主教会所用语言的影响，那就会有助于新旧两大教会重归于某种世界性的和谐——如果以英国新教占支配地位的话。）

因此，虽然语文学会正式宣布的目标是学术性的，但是它非正式的目标，在特伦奇博士这样的圣徒的指导下，却是民族沙文主义的。不错，认真的语文学研究给了它厚重的学术声望——像"巴布亚黑人方言的语音变化"啦，"高地德语爆破摩擦音的作用"啦，这些冷僻的论题一律被认真对待，这一切都很好。但是，学会的主要目标还是增进对本族语言的理解，所有会员都认为英语理所当然地是全世界占统治地位的语言。

那个十一月的夜晚六点钟，六十名会员都聚集到一起了。黑夜在五点半过后便降临伦敦。煤气街灯发出爆裂声和咝咝声。在皮卡德利广场的拐角和杰明大街上，小男孩还在收集最后几分钟的硬币，好拿这些零钱去买烟花爆竹。他们扎的老盖伊·福克斯的破烂草人模型，现在还插在面前，不久就要在烟花中点燃了。在远方，火箭式的响炮和罗马焰火筒已经发出呼啸声和爆炸声，有些人已经早早动手了。

看热闹的女仆害怕火，匆匆逃回附近的几幢大楼，躲进地下室供仆人出入的大门里。那些年老的语文学家身披御寒的斗篷，也在黑暗中匆匆走着。他们早已过了玩这种激烈游戏的年龄，急于远离爆炸和兴奋的庆祝活动，好回到安静的学术气氛中去。

况且，那天晚上讲演的题目看来颇有意思，也完全不用伤脑筋。特伦奇博士把这份十分重要的报告分为两部分，讨论有关词典的问题。他要对听众说，现存的几本词典都有若干严重的缺点；不仅是英语本身，就连英帝国及其教会都要受这些严重缺点的影响。在维多利亚时代，接受了语文学会坚定信条的诸位先生，喜欢听的正是这一类的讲话。

"英语词典"，据我们今天通用的含义，是指按字母顺序排列的英语词汇总表，以及对这些词汇意义的解释。这样的东西还是比较晚近的发明。四百年前，在英国人的书架上还没有这样方便的工具书。

举例来说，当威廉·莎士比亚写剧本的时候，就没有词典。每当他想用一个不寻常的字眼，或把一个词放进不寻常的段落中时，他几乎毫无办法去查对他的用法是不是恰当。然而他的剧本里不寻常的字眼和段落却特别丰富。他不能顺手到书架上去寻求帮助——没有一本书能告诉他：他选择的那个词拼得对不对，意思和用法对不对，该不该在这个场合使用。

莎士比亚甚至也无法做我们今天认为极普通、极正常的事情——阅读。他无法"查阅"（look something up）。实际上这个用语（含义为"在词典、百科全书或其他参考书中寻找"）在当时根本不存在。直到一六九二年牛津的历史学家安东尼·伍德使用这个词之后，它才出现在英语中。

既然到十七世纪末才有这个词，那么在此之前就基本上没有这种观念，莎士比亚写作的时代自然也就没有。在那个时代，作家狂热地写作，思想家的思考也空前活跃，尽管有这样强烈的智力活动，却没有出版过任何一本语言指南或手册。莎士比亚、马丁·弗罗比歇、弗朗西斯·德雷克、沃尔特·罗利、弗朗西斯·培根、爱德蒙·斯宾塞、克里斯托弗·马洛、托马斯·纳什、约翰·多恩、本·琼生、艾萨克·沃尔顿，及其他同时代的学者们都找不到一本可供参考的辞书。

想一想莎士比亚写《第十二夜》的情景吧！他是在十七世纪刚开头时写完这个剧的。想一想大约在一六〇一年的夏天，他写到第三幕的时候，剧中的落难水手塞巴斯蒂安和拯救他的安东尼奥刚刚到达海港，想找一个过夜的地方。塞巴斯蒂安考虑了一会儿，好像现代人读过《旅店指南》一样，脱口说了一句："南郊的大象旅店／是个最好的住处。"

那么，关于大象，莎士比亚到底知道些什么呢？再说，他知道多少大象旅店的情况呢？当时欧洲各地的旅店，有一些确实以"大象"命名。《第十二夜》中的大象旅店，碰巧是在伊利里亚，别处还有许多，伦敦至少有两处——可是为什么会这样？为什么用一种野兽来命名一所旅店？这种野兽到底什么样？人们认为，作家至少应当能够回答这些问题吧。

然而作家并不能够回答。如果莎士比亚对大象所知不多（这是很可能的），如果他也不知道这种奇怪的命名习惯是哪里来的，他能够到什么地方去查呢？这个旅店果真最可能名叫大象吗？还是叫别的什么动物，叫骆驼、犀牛、角马？如果莎士比亚不能十分肯定塞巴斯蒂安的台词有相当的事实根据，他到什么地方去寻求肯定呢？在那个时代，一个剧作家到何处去查任何一个词呢？

今天的人们会觉得，莎士比亚大概需要不断查词典。在同一剧本中，他写道："我和你是同宗（consanguineous）吗？"过了几行，他又说起"你的塔夫绸（taffeta）的紧身上衣"。不久他又告知"现在山鹬（woodcock）已经走近陷阱了"。莎士比亚的词汇真是丰富得惊人。但是，他怎么能有把握，他在所有的场合使用的生词难词都是正确的、合乎语法的？他有什么保证不至于变成几百年后我们常说的"马勒普罗普太太"①呢？

提出这些问题，是为了说明，没有词典造成了多么大的不方便。在莎士比亚写作的时代，已经有很多地图、祈祷书、弥撒书、历史书、传记、传奇小说、科学和艺术书籍等。据信，莎士比亚从一本《类语词典》中引用过一些古典文学的典故。这本书的编者名叫托马斯·库柏，书中有许多错误被照搬到莎士比亚戏剧之中，错得一模一样，不可能全是巧合。还有托马斯·威尔逊的《修辞艺术》也被引用过。但也就是如此而已。当时没有别的文学、语言学和词汇方面的参考书。

在十六世纪的英国，我们今天所承认的那种词典根本不存在。如果说，给予莎士比亚灵感的英语是有界限的，这种语言的词汇是有来历、有拼法、有发音、有意义的，那么，并没有一本书来确立这些界限，来解释词汇的各个方面，把它们固定下来。今天我们很难想象，像莎士比亚那样富有创造力的天才可以不需要任何词语类的参考书。他手中只有托马斯·库柏的陋作（库柏太太曾把它扔进

①马勒普罗普太太（Mrs. Malaprop），爱尔兰剧作家歇尔丹的喜剧《情敌》中的人物，以荒唐地误用词语而出名。——编者注

火里，逼得这位大人只好从头开始），以及威尔逊的小册子。但就是在这样的条件下，莎士比亚的特殊天赋被迫发展壮大。当时的英语说在嘴里，写在纸上，就是没有人来解释和界定。就像空气一样，人们把空气视为当然，它包围着支撑着所有英国人。可是它到底是什么，包含什么成分——谁知道？

这也不是说，当时完全没有词典。早在一二二五年，就出版过一本拉丁语词汇编，以拉丁语命名为 *Dictionarius*。一百多年后又出了一本，也是拉丁语的，为的是帮助学者研读圣杰罗姆翻译的艰深的拉丁语圣经。一五三八年第一本拉丁语－英语词典在伦敦出现，编者为托马斯·埃利奥特，词条按字母顺序排列，该书首次使用了英语名称 *dictionary*。再过二十年，有一位威特尔斯编了英语和拉丁语的《初学者小词典》，此书按类别而不按字母顺序编排，比如说"鸟类、水鸟、家禽（如公鸡、母鸡）等，蜜蜂、蝇类等"。

但依然缺少一本合适的英语词典，一本包罗广泛的英语阐释全书。这样的需求一直没有得到满足。只有一个例外，莎士比亚在一六一六年去世时还不知道这个例外的存在。别的作家对这种明显的缺陷也有过评论。在莎士比亚去世那一年，他的朋友约翰·韦伯斯特写了一个剧本《马尔菲公爵夫人》，其中一幕里公爵夫人的弟弟斐迪南幻想自己快要变成一只狼，"那是因为一种名叫 licanthropia 的传染病"。另一个角色喊道："名叫什么？我需要一本词典来查一查！"

事实上已经有人听到了这种需要的呼声。拉特兰郡的教师罗伯特·考德里（后来搬到考文垂教书），从当时有参考价值的书籍中抄录了大量材料，终于在一六〇四年出版了一个词汇表。为了满足当时的需要，他的书不过是一种并不太认真的尝试而已。（这一年，莎士比亚正在写《一报还一报》。）

那是薄薄一百二十页的八开本，考德里给它起的名称是"按字母顺序编排的……英语难词"，共计两千五百个词条。编者说，这本书"为的是帮助淑女、贵妇以及其他不善于阅读的人士理解英语难词，以便能听懂读懂圣经和牧师的布道，并且自己也能使用这些难词"。它的缺点自然很多，但它无疑是第一本单语的英语词典，它的出版依旧是英语词典史上的一件关键的大事。

接下来的一个半世纪中，在这个领域内有不少商业的炒作，词典一本又一本地从印刷厂完工上市，一本比一本更大，每一本都自吹在教育"未受教育者"方面有极高的价值。所谓"未受教育者"，包括当时的妇女，她们的文化水平比男人低得多。

在整个十七世纪，这一类书总是像考德里的头一本那样，把力量用在当时所谓的"难词"上面。这些词不是日常通用的字，而是为了唬人专门编造出来的，也就是所谓的"学究词"。十六世纪和十七世纪的书籍里充斥着这一类的词。莎士比亚读过的《修辞艺术》一书的作者托马斯·威尔逊，公布了一段花里胡哨的文体的范例，内容是林肯郡的一个教士写信给某官员请求提拔：

There is a Sacerdotall dignitie in my native Countrey

contiguate to me, where I now contemplate; which your worshipfull benignitie could sone impenetrate for mee, if it would like you to extend your sedules, and collaude me in them to the right honourable Chaunceller, or rather Archgrammacian of Englande. [①]

这些书把精力集中在诸如此类废话在内的小部分词汇上面，今天看起来是荒谬的缺陷，但那时却被认为是美好的优点。以这种方式说话写文章是英国精英人士的最高追求。"我们奉献给您，"一位编者对某个上层人士吹嘘说，"一批最精选的词汇。"

于是，像 abequitate、bulbulcitate、sullevation 这些生编硬造的奇怪东西和 archgrammacian、contiguate 之类的词都一齐出现在书中，并附上冗长的解释。像 necessitude、commotrix、parentate 这些词，现在都不会收进词典了，即使收进去了，也要注明"过时"或"罕见"，或两者兼有。装模作样和花里胡哨的"发明"把英语装点得怪里怪气。不过这也不足为奇，只要想想当时流行的时髦打扮就明白了——男人戴的扑了香粉的佩鲁基假发，高高的硬领，紧身上衣，轮状皱领，缎带和深红丝绒。所以，当时那些皮面精装的小册子里，也就列入了 adminiculation、cautionate、deruncinate、attemptate 这样一些词。然而，这些词也只有"高贵的耳朵"感到中听，考德里说的那些淑女、

---

①这段文字中有许多罕见的难词和怪词，大意如下："离我家乡不远的萨瑟多托尔有一个显要的职位，我祈求善良尊贵的大人能为我谋求到手，但愿有劳大驾，在枢密大臣阁下或英国枢机主教尊前替我美言几句。"——译者注

贵妇和"不善于阅读"的人士听了，也不会产生多么深刻的印象。

这些书对词语下的定义，一般来说也是牵强的。有的只用一个词，或者用勉强的同义词——magnitude：巨大；ruminate：反复咀嚼，仔细思考。有的时候，定义简直很可笑：一六二三年亨利·科克拉姆编的《英语词典》，把 commotrix 解释为："给女主人打扮好或没打扮的女仆"；把 paremate 解释为"庆祝父母亲的丧事"。有时，编者对于难词的解释又复杂得令人难以忍受。托马斯·布朗特编的《词汇总表》中，给 shrew 的解释是："一种田鼠，如果它爬过某个动物的背，这动物的脊梁骨就会瘫痪；如果动物被它咬伤，便周身乃至心脏都会肿胀，最后死掉……由此而出现英语短语 I beshrew thee（咒人遭逢厄运），我们把悍妇也称为 shrew。"

十七世纪的英国，共产生过七部大型词典，最后一部收集的词条多达三万八千条。但是所有这些五光十色的折腾都忽略了两件事。

第一件，一本好词典应当包罗全部的英语词语，既有平易近人的，也有偏僻艰深的词语，既有普通民众的，也有高等学府、贵族阶层、学术小圈子的用语。要做到应有尽有。在理想的词典里，仅有两个字母的介词应当和庞大的多音节词占有同等的地位。

第二件，词典的编者没有看到，英国的国力和影响力正在世界范围内增长，德雷克、罗利、弗罗比歇等勇敢的航海家巡游了世界各地，欧洲的竞争对手拜倒在英国的威力下，美洲和印度的新殖民地稳固地建立起来，英语和英国的观念已经远远超出了国界。总之，英语已经很快就要成为全球性的语言。它已经开始成为国际商务、军事和法律交往的重要工具。它正在取代法语、西班牙语、意大利语以及各种外国宫廷语言。人们需要更好地了解英语，更方便地学习英语。因此，需要一个总目录，把正在说、正在写、正在读的英语词汇编集出来。

意大利人、法国人、德国人在保护他们的语言遗产方面已经远远走在前面了，他们甚至设立了专门机构来保持本民族语言处于良好状态。在佛罗伦萨，秕糠学会建于一五八二年，目的是保存"意大利"文化，虽然以意大利为名称的政治实体的出现，还是三百年以后的事。那个学会在一六一二年就编出了意大利语词典。虽然没有统一的国家，语言文化仍很活跃。在巴黎，黎塞留于一六三四年就建立了法兰西学院。四十位不朽者（即院士，人们有时带点恶意地简称为"四十"）保卫着法语的纯洁性，其高深莫测的宏伟气度一直延续至今。

但是英国人不曾采用这些办法。直到十八世纪，才有比较多的人感到：需要详细了解本民族语言到底是怎么回事，它有什么意义。据说，到十七世纪末，英国人才认识到在研究本族语言方面已经落后了，从而感到很不舒服。从那时开始，空气里才充满各种声音，要求改良英语，要在国内外提高英语的地位等等。

在十八世纪上半叶，词典有了非常显著的改进。其中最突出的一本，已经把重心从难词转移到整个英语的广阔领域。这本词典的编者名叫纳撒尼尔·贝利，是斯特普尼寄宿学校的主办人，星期六浸礼教派的成员。此外人们对他的情况就知道得不多了。但是他渊博的学识和广泛的兴趣可以从词典第一版的标题页上充分显示出来（从一七二一年到一七八二年，词典共出过二十五版，全都畅销）。从标题页也可以看出，任何一位想创造真正完美的英语词典的人，他面前的工作有多么艰巨辛苦！贝利的工作是被这样总结的：

> 通用词源词典，包括英语古今通用词汇；派生自古英语、撒克逊语、丹麦语、诺曼语，以及现代法语、条顿语、荷兰语、西班牙语、意大利语、拉丁语、希腊语、希伯来语的词语，一律以原语的书写形式加以说明。所有难词及有关植物学、解剖学、物理学等专用名词，皆予简明解释；古代成文法、宪章、律令、文书、档案以及法律程序所用字词，皆广泛收集并加以诠释；大不列颠的重要地名及男女人名，皆加解释并说明其来历；此外尚附有各郡不同方言。本书所收字词，比坊间任何词典多出几万。尚复收罗我国最常用的谚语，并加解释说明。本书编辑有方，材料有条不紊，既适于求知者享受，又适于初学者启蒙，有益于青年学子、工匠、商人、外国人士……

以上的努力及成果可算不错，但仍然不够。纳撒尼尔·贝利以及十八世纪上半叶仿效他的人确实下了很大功夫，但是，愈想包办全部的语汇，这项任务就显得愈艰巨。仍然没有一个人具备足够的才能、勇气和献身精神，甚至具备足够的时间来做成真正完全的英语词汇总录。然而那时似乎没有人能做到，尽管那是他们真正想做的。浅尝辄止、胆怯犹豫的行为可以休矣——应当以编纂词典的决定来代替各种临时性的语文学尝试。

这时，出现了被托拜厄斯·斯摩莱特称为"文坛权威"的伟人——古今最卓越的文学家之一，塞缪尔·约翰逊。他决心承担起许多人望而却步的艰巨任务。二百多年以来，即使存在批评意见，他的创作仍然被公正地承认为空前的成就。约翰逊的《英语词典》过去是、现在依旧是展现英语全部的雄伟壮丽和神妙复杂的画像。

这部词典，无论是看它、摸它、浏览它、细读它，都能使人愉快。这样的书实在罕见。

今天我们还能找到这部书，常常是放在深棕色摩洛哥羊皮匣内。非常沉重，不适合用手捧着，而必须托在阅读架上。它用华美的棕色皮面装订，奶油色的纸页较厚，文字深深印进纸中。约翰逊是阐释词语的大师，今天阅读这本词典的人，没有不为它奇妙的优雅所倾倒的。举例来说吧，莎士比亚当年也许想查的 elephant 一词，约翰逊对它的定义如下：

> 最大的四足动物。它的灵性、忠实、精明和理解力曾流传在许多惊人的叙述中。它不是肉食动物，靠干草和各种草本植物、豆类植物为生，据说寿命极长。它本性温和，但一旦发怒，则比任何动物更可怕。有一长鼻，形如长喇叭，由空心的软骨构成，悬于牙齿之间，作用和手相似：长鼻一击，可以杀死马

或骆驼，也能举起沉重的物品。牙齿即欧洲十分著名的象牙，长一寻（六英尺），粗如人腿。捕捉野象时，常把雌象安置在狭窄处，四面挖深沟，覆以树枝草皮，雄象往往前来落入陷阱。交配时，雄象爬在雌象背上，但如有人在场，雄象绝不行动，其谨慎羞怯如此。

然而，除了文字的奇特魅力之外，约翰逊的词典还有更多的意义：它代表英语发展史的一个重要阶段。比它更重要的时刻在一百年之后才会出现。

塞缪尔·约翰逊思考、筹划他的词典已经多年，其中部分的原因，是为了获得美名。他原本在学校教书，后来卖文为生，为《绅士杂志》写国会采访一类的小文章，只有在伦敦的某个小圈子里才能听到他的名字。他迫切希望出人头地。但是，他也是为了响应巨人们的呼唤——现在该有所作为了。

当时的杰出人物几乎个个都表示不满。约瑟夫·艾迪生、亚历山大·蒲柏、丹尼尔·笛福、约翰·德莱顿、乔纳森·斯威夫特这些英国文学的巨星全都发表了意见，呼吁对英语作出界定。界定从此便成为词典编纂学的专门术语——它的意思是为英语确立界线，为英语的词汇创建目录，构建它发生和发展的理论，说清它的来龙去脉。他们经过思考，对英语的本质提出了看法。这些看法既精彩，又主观武断：他们认为英语在十七世纪结束时已经发展到优雅和纯正的高峰，如果不能及时稳定下来，此后便要走下坡路了。

大体上，他们的意见与海峡彼岸法兰西四十位不朽者的观点是一致的（然而他们绝不乐意承认这一点）：一个民族的标准语言必须是优雅的、有明确尺度的，必须加以规定，镂刻在银牌上，镌刻在石碑上。改变标准语言必须经过批准，那就要看伟大的精英人物高兴不高兴了，他们就是英国土生土长的四十位不朽者——本民族的语言权威。

斯威夫特是最激烈的鼓吹者。他有一次给牛津伯爵写信表达他的愤怒：书刊上竟然出现了 bamboozle、uppish 这样的词，尤其是 couldn't 的出现最令他恼火。他要求建立严格的规定，禁用有违风雅的字眼。他要求一切拼法必须明确界定，书写必须正确——建立明确的正字法。他要求规定发音，说话必须正确——建立明确的正音法。规则，规则，规则：《格列佛游记》的作者断言这是最重要的。

语言应当和科学一样受到尊敬和重视，一样具备衡量的标准。什么是蓝色或黄色？物理学家正在探讨。沸水的温度有多高？一码到底有多长？音乐家所谓的中 C 音应该怎样确定？对海员如此重要的经度，应当怎样准确衡量？关于经度问题，人们正付出巨大努力，时间与关于民族语言的大讨论恰巧相合。政府设立了经度委员会，拨了专款，提供了奖金，鼓励人们发明一种仪表，能够在海船上以最小的误差测出所处的经度位置。经度太重要了：英国这样的贸易大国急需它的船长们准确了解航行的方位。

伟大的文学家们当时是这样想的：如果经度很重要，如果确定色彩、长度、体积、声音都十分必要，那么为什么不赋予民族语言同样重要的意义呢？某本宣传册的作者大声疾呼："我们既没有语法，也没有词典；在词语的海洋里，既没有罗盘，也没有航图来指导我们航行。"他的比喻是很恰当的。

斯威夫特和他的朋友们说，到目前为止，没有一本词典是符合需要的，然而英语已经达到了如此完美的高度，应当有一本符合需要的词典，应当找一位专心一意的天才来从事编纂工作。词典应当满足两方面的需要：将英语固定下来，并保持它的纯洁性。

塞缪尔·约翰逊的想法可完全不一样。至少他不想和保持语言纯洁的指令发生什么关系。也许他觉得语言纯洁并不是坏事，但他认为根本做不到。至于他是否认为语言可以界定也必须界定，近年来学术界议论纷纷，发表了几十篇论文，有的这样说，有的那样说。现在一致的看法是：他起初曾想要界定英语，但是六年的工作刚完成一半时，他就开始明白了，这既不可能，也无必要。

他的一位前辈本杰明·马丁解释了原因："语言不可能永远不变，而总是处在变动无常的状态之中。某个时代认为文雅有礼的词语，在另一个时代却可能被认为是粗鲁野蛮的。"这一番话写在一本不够成熟的词典的前言里，出版时间只比约翰逊的杰作早一年。说不定"文坛权威"在整个编写过程中也是这样想的。

尽管有伦敦知识分子的高谈阔论，真正促使约翰逊动手的还是自由市场的力量。一七四六年五位伦敦书商（其中有著名的朗文先生）突然想出了个主意：一本全新的词典一定卖得火热。他们知道约翰逊穷得叮当响又急于成名，便向他提出了要求，以及难以回绝的优厚酬谢：一千五百几尼，预先支付一半。约翰逊立刻欣然同意，只有一个条件：他要找英国文学界最有威望的仲裁人来赞助，此人便是第四代切斯特菲尔德伯爵，菲利普·多默·斯坦霍普。

切斯特菲尔德伯爵是当时英国最显赫的人物之一：当过大使，当过爱尔兰副总督，他和蒲柏、斯威夫特、伏尔泰以及约翰·盖伊等人关系友好。是他迫使英国采用了格列高利历法（即现在普遍通行的阳历）。他给私生子菲利普写了许多信，关于言行举止提出了忠告，这些信出版后成为风行一时的礼仪手册。他对于词典的认可将十分宝贵，他对这项事业的赞助则更宝贵。

他同意认可这本词典，但是不同意赞助（只给了约翰逊一张区区十英镑的支票）。但在约翰逊成名之后，他又自称有一份功劳。这件事引起了约翰逊极大的怨恨，把它大肆宣扬。约翰逊后来说，切斯特菲尔德教给人的是"婊子的德行和舞娘的仪态"。切斯特菲尔德有一身真正贵族的大象厚皮。他轻描淡写地把这些批评说成是善意的，事实当然并非如此。

他对这部词典的提携，加上书商给约翰逊的七百五十几尼，推动了这位三十七岁的主编开始工作。约翰逊在舰队街租了几间房，雇了六个人当抄录员（其中五个是苏格兰人，这对于出生于哈维克的詹姆斯·默里来说，也可算作一种鼓舞），便埋头开始了长达六年的苦役。他和一百年以后的默里一样，认为要编纂一本完全的词典，最好的方法（实际上是唯一的方法）就是阅读：读遍一切文献，把成千上万页资料里出现的词编列出来。

编词典有三个互相重叠的办法——这是大家都认同的公理：可以把听到的词记录下来；可以把其他词典里的词抄下来；也可以通过阅读，把读到的词记录下来，加以分类，列入表中，这是最辛苦的办法。

第一个办法，约翰逊认为太笨拙，不能用。他自然同意第二个办法，所有的词典编纂者都会把从前的词典作为起点，在原有基础上丰富补充。然而，他认为最重要的还是第三种办法——阅读。所以，他才在舰队街租下房间；他才成堆成袋地大量购买或借来书籍；他才雇用了六个人。这个七人小组的建立，就是为了浏览或咀嚼现存的一切文献，把他们集体消化了的东西列出目录来。

他很快就明白：要读遍一切文献是不可能的，于是就规定了界限。约翰逊认为，英语到了莎士比亚、培根、埃德蒙·斯宾塞的时代便达到了顶峰，所以似乎没有必要到他们以前的时代去探寻。因此，他规定以菲利普·锡德尼爵士（他死于一五八六年，只活了三十二岁）的著作为搜查的起点，而以新近去世的作家最后出版的书籍为终点。

这样一来，他这部词典将是几个人齐心合力搜索一百五十年间的文献的结果，加上乔叟的若干文章作为良好范例。约翰逊于是找来这些书开始阅读，在他用得着的词下面画杠或打圈，在他选定的书页上写注解。然后，他吩咐手下的人把能够表现所选词义的完整句子抄写在纸条上，他亲自把这些纸条分类归档，需要的时候便用来论证他的观点，用来诠释一个词的含义。

正是这些经过引证的词义，显示了约翰逊这本词典的伟大成就——一组字母排在一起，貌似简单，却包含了许许多多差别细微的意思。我们看到约翰逊某些奇特迷人的定义，也许会发笑，例如 elephant 的定义；例如 oats："一种谷物，在英格兰通常用来喂马，但在苏格兰给人吃"；又例如 lexicographer："编写词典的人，无害的苦工，忙于追查词语的起源，详尽描述词语的意义"。但是我们看到他处理动词 take 的时候，会大吃一惊，头也会晕眩起来。约翰逊以引语为证明，列出了该词的一百一十三种用作及物动词的含义，以及二十一种用作不及物动词的含义："抓住、揪住、捉住；用钩钩住；抓住某人的错误；获得公众的支持或好感；取得效果；自称做了某事；行使权利……上马；逃走，做脱掉衣服以后干的事……"

这样的清单几乎没完没了。塞缪尔·约翰逊的天才就在于：依靠一百五十年的英语文献作参考，他基本上单枪匹马地把每一个词的每一种用法都作了记载。不光是 take，还有其他常用的 set、do、go 等成百上千的词语。不足为奇的是，一旦他的工程开始顺利进行，债主上门讨债就成为干扰他的琐事了；他有一次用床顶着门拒绝卖牛奶的商人进屋，还大声喊道："你就死了这条心吧，我要把这个小小堡垒保卫到底！"

一七五〇年他结束了收集英语词汇的工作。此后的四年便用来编辑引语，他总共选用了十一万八千条足以说明词义的句子（有的时候，他不喜欢原书的引语，便不惜走邪门歪道，把原句加以篡改）。最后，他完成了四万三千五百个词条的定义。有些定义是他自己动手写成的，有些则是从他景仰的作者那里借来的（比如 elephant 的定义，其中一部分就借自一位名叫卡尔默特的作者）。

直到一七五五年，他才出版了全部著作。他想说动牛津大学授予他一个学位。他相信，如果词典扉页上他的名字加上了学位头衔，对牛津大学、对词典的销路、对他自己都有很大好处（上述三方面的顺序也不是非如此不可）。牛津大学同意了，于是，一七五五年四月十五日词典的扉页上就出现了下面的话：

> 英语词典。所有字词皆由其本源推演而来，众多词义皆有最佳作家之例句加以阐明，书前附英语史及英语语法。著者塞缪尔·约翰逊，文科硕士。共两卷。

这部书在约翰逊在世期间共出过四版，在此后的一百年内，始终是词典中的模范和英语的无比丰富的宝库。它在商业上也获得了巨大的成功。几乎人人都夸奖它。尤其是那个异乎寻常的切斯特菲尔德爵爷，他本来出力不多，却暗示为此书做了许多事。这下子把约翰逊惹火了，他不光是骂"婊子""舞娘"，而且还使出了一个绝招：在词条 patron 的定义里，他写道："一个坏蛋，假模假式地支持别人，却要谄媚作回报。"但是这位爵爷不以为忤，贵族老爷一般都是这个样子。

也有一些对词典的批评。约翰逊在词典的字里行间流露了他本人的性格，在今天看起来很怪，也很有趣，但对于那些要求词典具有高度权威性的人而言，这种做法便不够专业，而且令人恼火了。不少人抨击约翰逊所引用的作家，有的权威性不够，这一点约翰逊在词典前言里已经预料到了。有的人觉得词典的定义七拼八凑不够系统，有的定义太陈腐，有的过于繁复（如 network："任何网状的或交叉的东西，交叉结间的空隙距离相等。"）词典出版一百年之后，说话不饶人的托马斯·麦考莱竟把约翰逊贬为"糟糕的词源学家"。

不算麦考莱在内，不少批评者可能是嫉妒约翰逊做出了他们做不到的事。一个写道："任何教师都能做约翰逊干出的事。"另一个说："他的词典只是他自己的野蛮作品的词汇表。"说这话的人没有署名，也许是一位失败的竞争对手，也许是一个狂怒的辉格党人。约翰逊是有名的托利党人，他的文章往往有明显的托利党倾向。因此，有人抨击这部词典不过是"詹姆斯国王拥护者手中的工具，唱高调的政治宣传品"。这类话无疑是出自顽固的辉格党人。有一位妇女责怪约翰逊没有把猥亵的词语收进词典。约翰逊狡猾地回答说："太太，我不想弄脏自己的手指。我想，你一定在寻找这些词吧。"

然而赞扬之声更多。伏尔泰建议法国人要以约翰逊的词典为榜样，编一本全新的法语词典。可敬的秕糠学会从佛罗伦萨来信说，约翰逊的杰作将是"作者永久荣名之丰碑，国家之光荣，全欧洲文化界皆获益良多"。现代的一篇评论说："在各类词典层出不穷的时代，约翰逊的贡献乃 primus inter pares（拉丁语：首屈一指的佼佼者）。"罗伯特·伯奇菲尔德是二十世纪七十年代《牛津英语词典》四卷增补本的主编，他认为约翰逊集词典学家和优秀文学家的才能于一身：

"在英国语言文学的传统中，由第一流文学家编成的词典只有约翰逊的那一部。"

在雨点般的批评、讽刺、赞扬和歌颂中，塞缪尔·约翰逊始终保持着冷静谦虚的态度。这是十分恰当的，因为他一方面为成就感到自豪，另一方面又对英语的博大精深感到敬畏，而他竟承担了这样伟大的工作，真是太不知天高地厚了。这部著作始终是他的不朽的纪念碑。詹姆斯·默里后来说，每当人们像提起"圣经"或"祈祷书"那样提到"那本词典"的时候，他们指的就是约翰逊博士编的词典。

但是"文坛权威"会说：不然，事实上字词才是真正不朽的纪念碑，再往深处说，字词所表示的实体才是真正不朽的纪念碑。约翰逊在著名的前言中说："我并没有迷失在词典的编纂中，以致忘记了字词本是大地的女儿，而事物则是上天的儿子。"他的一生致力于搜集这些大地的女儿，但只有上天才赋予她们生命。

Elephant (eˈlĭfănt). 词形: a. 4-6 oli-, olyfaunte, (4 复数 olif auns, -fauntz), 4 olyfonts, -funt, 5-6 olifant (e, 4 olephaunte, 5-6 olyphaunt, 4-7 oli-, olyphant (e. β. 4 elifans, 4-5 ele-, elyphaunt (e, 5 elefaunte, 6 eliphant, 5-6 elephante, 6-elephant. [中古英语 olifaunt, 来自古法语 olifant, 来自民间拉丁语※ olifantu-m（由此产生普罗旺斯语 olifan；比较中古荷兰语 olfant，布列塔尼人说的凯尔特语 olifant，威尔士语 oliffant，康沃尔郡古凯尔特语 oliphans, 上列各词可能都来自中古英语或古法语），为拉丁语 elephantum, elephantem 之讹用形式（名词 elephantus, -phas, -phans），源自希腊语 ἐλέφας（性 ἐλέφαντος）。本词按拉丁语形式重建，英语似早于法语，法语带 el- 的形式仅始见于 15 世纪。

本词最初的语源尚无法确知。希腊语中，该词始见于荷马和赫西奥德的著作（仅为"象牙"之意），因此，似不可能源自印度（曾有人如此设想）。其发音近似希伯来语 אלף eleph（牛），因此有人设想可能派生自腓尼基语或布匿语之复合词。另外有人设想其来自非洲，见 Yule *Hobson-Jobson* 增补卷该词释语。也可能与条顿语和斯拉夫语中"骆驼"一词有关，见 OLFEND。罗曼语诸讹用形式 ol- 之本源尚无所知，但可比较拉丁语 oleum，olīva，源自希腊语 ἐλαιον，ἐλοία.]

1. 庞大的四足厚皮类动物，有弯曲的长牙和舒卷自如的长鼻。一度遍及全世界（包括不列颠）的各类型中，于今仅存印度象和非洲象两种。印度象（现存体积最大的陆地动物）常用于负重与作战。

构想中的大词典

英国十七、十八世纪伟大的词典编纂者们，成就是十分丰富的。他们的知识无可匹敌，是不折不扣的天才，对文学史的贡献意义深远。这都是无法否认的。但是，让我们问一个似乎很残忍的问题：现在谁还记得这些词典呢？今天谁还会使用他们的成果呢？

这个问题揭示了一条无法回避的辛辣的真理：在远远超过本问题之外的各个领域里，许多开拓性的成就都会失去光辉。从今天的角度来看，无论托马斯·埃利奥特、罗伯特·考德里、亨利·科克拉姆、纳撒尼尔·贝利等人的词典编纂工作怎样了不起，也无论"文坛权威"塞缪尔·约翰逊的创作怎样卓越和意义重大，他们的成果不过是一连串的垫脚石而已，他们那些辉煌的卷册到今天也变成了一批古董，只可以买卖、珍藏，或置之脑后了。

主要的原因是，在约翰逊的词典出版一百多年之后，一八五七年，有人正式提出要开创全新的、真正具有远大抱负的工作，要启动一个工程，其规模与复杂性远远超过一切前人的成就。

这个工程的目标非常简单，也非常莽撞。当年约翰逊只描述了英语的一部分词汇，虽然是很大一部分，也描述得很精彩。而这个工程要描述英语的全部词汇：每一个词，每一点细微的差别，每一点意义、拼法、读音上的差异，每一个词源演变的转折，每一位英语作家可供阐释词义的引语。

人们简单地称它为"大词典"。工程的构想可谓不知天高地厚，勇气大得不可思议，完成它需要大胆的尝试，也冒着惨重失败的危险。但是，这是一批维多利亚时代的英国人，他们总是勇气十足，莽撞十足，也甘冒十足的危险。毕竟这是个伟人的时代，是伟大眼光和伟大成就的时代。也许在近代史上，没有任何时代更适于发起这样宏伟的工程，而这也许就是它能够按时而生硬地起步的原因。严重的问题和似乎难以消解的危机不止一次地出现，整个事业险些付之东流。还有无数的争议和延误围绕着它。但是最终——当许多首先提出构思的伟大人物早已长眠墓地的时候，当年约翰逊想都不敢想的这个目标还是达成了。

当年约翰逊和他的团队花了六年时间完成了他们的成果。而这部在过去和现在都堪称极品的英语词典，共花了七十年的时间。

这部大词典的创建，是从一八五七年的盖伊·福克斯节那天，伦敦图书馆的演讲会上开始的。

理查德·切尼维克斯·特伦奇去世时，他的同时代人在讣告中正式称他为"圣徒"。这个称号今天已经很少使用了，但是在维多利亚时代，教会中各种优秀的人物，不论从事何种工作，都可以包括在内。在特伦奇去世的一八八六年，他在宗教上的成就超过了其他任何方面的贡献。他曾任西敏寺教长，后又任都柏林大主教。他因双膝受伤成了跛子，但那并不是因为虔诚跪拜的时间过久，而是因为去爱尔兰时从船上的跳板上摔了下来。

在那个词典编纂史上著名的夜晚，他演讲的题目颇值得玩味。演讲的标题印在传单和伦敦西区的广告上，是"论我们英语词典的若干缺点"。按今天的标准，这个标题是不怎么引人注意的。但是按当时大英帝国人士的脾气，大家都觉得英语是帝国的精华所系，任何论述英语的书籍都是维护帝国的重要工具，因此，特伦奇博士的演讲将发生什么重大影响，大家都通过标题的充分暗示而心领神会。

他指出，时下流行的各种词典共有七条主要缺点——大多数是技术上的问题，在这里就不去谈了。但是，贯穿全篇的主旨既深刻又简明。他认为今后的词典编纂者应该记住一个基本信条，即词典是"语言的详细目录"，而绝不是正确使用语言的指南。编词典不是判断词语好坏，然后决定取哪个词，舍哪个词。然而，过去所有干这一行的人，包括约翰逊在内，犯的都是这个毛病。特伦奇指出，词典编纂者是"历史学家……不是批评家"。决定采用某个词或不采用某个词，不是凭一个独裁者或"四十个"独裁者（暗指巴黎的学者）的喜怒。词典应当记录下一切在标准语言中存在过一定时期的词语。

这样一部词典的核心，他接着说，应当是每一个词的生活史。有的词很古老，但今天仍旧活着。有的词很新，但像蜉蝣一样很快消逝了。还有一些词活了一辈子又一辈子，看来要永远活下去。有的词就不那么乐观了。然而不论老得过时的词也罢，新鲜但维持不久的词也罢，所有这些词都是英语实际存在的一部分。特伦奇说，想想这个根本问题吧，如果有人要查某个词，词典里就应当有这个词——不然的话，作为参考工具的词典就成了一个废物，起不了参考作用了。

他进一步发挥这个主旨：为了查清每个词的历史，写出它的传记，重要的是知道这个词是何时产生的，给它做个出生记录。当然，不是说它何时出现在口语中——在没有录音带留下的条件下，无法知道这一点，而是说它何时首次被写下来。特伦奇坚持认为，只有历史性的原则才是真正有效的原则，一部根据历史原则编纂的词典，应当给每一个词提供它第一次出现在文献中的引语。

然后，还应该有一些句子，展现每一个词在含义上的曲折演变——几乎每个词都像鱼一样滑来滑去，迂回前进，有时增添某些差别细微的词义，有时又随着公众情绪的变化抛弃了某些词义。特伦奇说："一部词典是一座历史纪念碑，是从某种观点观察的一个民族的历史。同时，一种语言误入歧途与进入正途同样具有教育意义。"

约翰逊的词典也许是使用引语最早的先驱者之一（有位意大利人称，他的词典在一五九八年就使用引语了），但这些引语只不过是用于阐明词义。而特伦奇提出的新想法，不只是显示词义，还要显示词义的发展演化，即每个词的生活史。这就意味着要阅读与每个词发展过程有关的一切资料，从中找出引语来。这个任务无比巨大，无比费时，按一般常规的观点来看，是不可能完成的。

除此之外，特伦奇还提出一个想法。在那个潮湿多雾的晚上，静静坐在图书馆里，穿着长外衣、思想守旧的先生们，可能会觉得这个想法具有潜在的危险和革命性。但正是这个想法，最终使整个计划得以实现。

他说，庞大的任务不是任何一个人的一己之力能承担的。细读一切英语文献，查遍伦敦、纽约的报纸以及大多数期刊杂志，必须依靠"许多人的联合行动"。必须征集一个队伍，并且是一个庞大的队伍，需要成百上千不领酬金的非专业工作者以志愿者的身份来工作。

听众惊奇得低声议论起来。这个想法今天看起来很有道理，当时却从来没有人提出过。然而，散会的时候，有的会员说它确实有几分好处。它有民主的味道。它符合特伦奇一贯的思想，即一部伟大的新词典应当是民主的产物，一部显示个人自由受到优先尊重的作品，其指导原则是人们可以自由地使用词语，不需要语言行为上的严密规范。

这样的词典当然不应当由绝对权威独断独行，就像法国人设想的那种样子。英国人已经把自由散漫、怪异行为发展成一种高级艺术。他们把思想自由放置在崇高的宝座上。他们讨厌规定、常例、独裁这些中欧的东西。他们憎恶由一批难以理解的超人关起门来秘密商议，然后宣布强加于人的片面指令——关于语言方面，那真是活见鬼！是呀，语文学会的会员一面点头同意，一面穿上羔羊皮领大衣，戴上丝围巾和高筒礼帽，慢慢走出门去，进入淡黄色的冬雾中。

他们觉得特伦奇教长关于征集志愿者的想法是个好主意，很值得考虑和尊重。

而且，这个想法碰巧也使得一位有学问但非常不幸的词典编纂学者参加了这个工程。那个人就是退役的美国陆军上尉、助理军医威廉·切斯特·迈纳。

然而，这不过是想法而已。经过了二十二年断断续续，有时甚至还杂乱无章的活动，这个新词典才得以真正起步。语文学会已经把事情弄得相当复杂：在特伦奇发表那篇著名的演讲之前六个月，学会就成立了一个"未登录词语委员会"，邀集特伦奇、那位性格活泼的弗尼瓦尔和赫伯特·柯勒律治（诗人柯勒律治之孙）来主持活动。语文学会想通过这个委员会的集体力量来出版一部增补词典，把以前出版的词典中未收集的词语通通包罗进去。

过去了许多个月，这项活动的热情才渐渐消退了——其中的一个原因，是人们很快发现，他们收集的未登录词语越来越多，如果要出一部增补词典，那将比任何一部现存的词典都大得多，比约翰逊的那部还要大。于是，语文学会才正式采纳了编纂一部全新词典的想法。一八五八年一月七日，学会通过了上述计划；那一天便算是全部工程的起点，至少在纸面上是如此。

弗尼瓦尔于是发出了通告，广泛征求阅读文献的志愿者。志愿者可以挑选一个历史阶段来读书：从一二五〇年到一五二六年（新英语圣经出版）是第一段，从一五二六年到一六七四年（弥尔顿逝世）

是第二段，从一六七四年到编大词典的当年是第三段。每个阶段代表英语发展的不同趋势。

志愿者的责任很简单，也很繁重。他们应当写信给语文学会，说清楚愿意读哪些书。他们要从读过的材料中列出词汇表来。然后，编辑将请他们专门寻找某些词典条目用得着的词。每一位志愿者都要使用纸条，在纸条左上角写上那个词，在下一行写出引文出现的日期，再顺序写出书刊名称、卷数与页码。再往下一行，写出阐明词义及用法的句子。这样的方法，今天的词典学家还在继续使用。

赫伯特·柯勒律治成为第一任主编，词典的名称是"按历史原则编纂的新英语词典"（*A New English Dictionary on Historical Principles*）。他的第一步工作看起来平凡得很——他设计了一个橡木分类架，横排九个格，竖排六个格，预计可以放下六万到十万条志愿者寄来的引语。他估计词典的第一卷可能在两年内问世。"如果志愿供稿人不偷懒的话，我毫不犹豫地肯定，时间还可以提前。"他写这些话的时候，情绪显然有点不耐烦。

这些预言虽然漂亮，但是完全错了。到最后，志愿者总共寄来了六百多万张纸条。柯勒律治梦想在两年内卖出词典第一卷（词典分卷出售，可以保持不断的收益），实际时间错了十倍还不止。在工作量、时间和费用方面都严重估计不足，正是这种天真的想法妨碍了词典的进展。没有一个人明白他们干的是什么样的工作：他们盲目摸索着向前走。

赫伯特·柯勒律治的早逝又进一步把事情耽误了。他才工作了两年就死了，时年三十一岁。他审阅寄来的引语从字母 A 算起还不到一半。有一天他到语文学会去听演讲时淋了一身雨，圣詹姆斯广场那幢大楼的房间里又没有生炉子，他听完演讲后便得了感冒，从此一病不起。他生前说的最后一句话是："我明天必须开始学梵文。"

这时弗尼瓦尔把任务接了过来。他精力充沛、专心致志地投入了工作——但他还是那样鲁莽，说话办事不考虑后果，这种作风早就招来了无数的敌人。他想出了一个聪明有效的办法：雇用一批助理编辑，在志愿者与他这个主编之间起桥梁作用。这时，志愿者正把引语的字条纷纷寄到编辑部来。

助理们首先审查纸条内容的准确性和价值，然后分类捆成小卷，放进格子里。最后由主编来"处理"——将某个词的引语纸条从按字母顺序排列的分类架中取出，判定哪些引语最适合他的需要。哪一条引语是最早的（这当然十分重要），哪些引语能显示这个词的逐渐演变，它的含义在几百年间怎样变化，直到今天它的主要含义是什么。

但是，尽管弗尼瓦尔充满精力和热情，他主持的这项工程却慢慢地走向衰落，这是人人都看得出来的。由于某种无法解释的原因，弗尼瓦尔没有能力来保持众多志愿者的工作热情。于是，他们渐渐停止了阅读材料，停止了寄送纸条。许多人觉得任务难以完成，纷纷把弗尼瓦尔让他们阅读的书刊又寄了回来——单在一八七九年，他们就寄回了两吨重的材料。词典的工作实际上停止了，或许是由于它的抱负太高了。弗尼瓦尔给语文学会写的报告愈来愈短，他和

ABC 茶馆女招待员一起从事单人双桨赛艇运动的时间却愈来愈长。一八六八年，跟踪报道词典进展的杂志《雅典娜神殿》(*Athenaeum*) 告诉读者："大家相信这个工程搞不下去了。"

然而工程并没有灭亡。詹姆斯·默里从一八六九年起便是语文学会的成员。他已经有了一定的名望，因为他发表了论文（关于苏格兰方言），承担过大量编辑任务（关于苏格兰诗歌），还在进行高深的研究工作(关于德语名词的变位问题)。他离开了印度渣打银行，重新从事他喜爱的教学工作，这回是在伦敦著名的米尔希尔公学。

弗尼瓦尔虽然对词典热心，但不具备领导这项工作的个人品质。他相信默里是词典主编的最佳人选。他向默里提出了建议，同时也对学会其他成员提出推荐：难道这位惊人的年轻人（默里那时刚过四十岁）不是最理想的人选吗？再进一步，难道牛津大学出版社，凭它的学术威望、经济实力和灵活的文学观念，不是最理想的出版机构吗？

他说服默里写出了几个词的样本，也就是词典将来是什么样子的构想。默里选出了四个词：arrow、carouse、castle、persuade，于一八七七年秋末把几页样本寄给了牛津大学出版社。这个出版社的代表——委员会的委员们，是以挑剔、难应付而闻名的。他们自命学问高深，凛然不可亲近，学究气十足，对金钱又异常悭吝。弗尼瓦尔也不断与其他出版商接触商谈。麦克米伦出版社一度参与此事，后来因与弗尼瓦尔产生争执而退出了。经过弗尼瓦尔的努力，大词典成了人人都关心的事情。

在七十年代末，选择适合的主编与适合的出版社这两大难题，始终困扰着英国词典学界与出版业。起初，牛津大学出版社的委员们使大家很沮丧：他们说不喜欢默里的样本。他们要求提出证据，证明默里在寻找四个词的引语方面确实下了足够的苦功，他们又说不喜欢这四个词的拼音形式。关于默里写的词源考证部分应不应当删去，他们也模棱两可、犹豫不决（这与他们正在出版另一部单独的《词源词典》不无关系）。

默里和弗尼瓦尔恼怒之下，又寄希望于剑桥大学出版社，但是那个出版社评议会的委员们（与牛津大学出版社的委员们同等的代表）干脆回绝了。一周又一周，游说活动在大学的公共活动室以及伦敦的俱乐部里不断进行。慢慢地，牛津的先生们被说动了，表示可以改变想法，词典的几页样品可以接受，默里也许够格当主编，而这部大词典有朝一日会给牛津带来学术威望和商业效益。

终于，在一八七八年四月二十六日，默里被邀请到牛津去与委员们见面了。默里心里准备着被这些大人物训斥一顿，而他们也想象着可能会把他轰走。但是出乎每个人的意料，默里觉得坐在委员会会议室里的这些自负的老头子挺招人喜欢，更关键的是，他们也很快喜欢起他来了。这次会议的结果便是，委员会决定着手筹办大词典。按照牛津特色的低调庆祝方式，大家喝了一两杯淡淡的不加香料的樱桃酒。

关于合同细节的争论又花了一年的时间。这些争论常常很激烈，但用不着默里这种拙于世事的书生亲自参加，他精明的妻子艾达倒发表了不少意见。最后，一八七九年三月一日，也就是理查德·切尼维克斯·特伦奇发表演讲的二十五年之后，正式文件才终于签定。詹姆斯·默里代表伦敦语文学会主编《按历史原则编纂的新英语词典》。这部书共四厚册，估计为四开本七千页，十年完成。虽然这个估计仍旧太低，但工作总算上了正轨，也没有再停顿。

默里不久做了两个决定。首先，他要在米尔希尔公学的场地上修建一个铁架房屋，在里面编大词典，取名"缮写室"。他前后建立过两个"总部"，这是第一个。其次，他要印发一份四张纸的呼吁书，"面向说英语和读英语的公众"，征求大批新的志愿者。他宣布，编辑委员会"需要英国、美国和英属殖民地广大读者的帮助，以便完成二十年前火热开展的工作，阅读尚未读完的书籍，摘出所需的材料"。

这四张纸（共八页）送到了当时的报馆和杂志社，报刊编辑部把它当作新闻发布，或摘登读者感兴趣的段落；也被送到书店和报摊，由伙计发给顾客。图书馆把它当书签送给读者。商店和图书馆里都有木盒子装着它，随人自由取阅。没过多久，它就传遍了联合王国及全世界的新旧属地领土。

十九世纪八十年代初，一份呼吁书夹在书本或学术杂志里，送进了克罗索恩的布罗德莫刑事精神病院二号楼顶层的两间病房内。威廉·迈纳狼吞虎咽地读完了它。这时，书已经成了他的第二生命，他的一间病房从地板到天花板都放满了书。

迈纳医生住在布罗德莫精神病院已经八年了。他精神有病，没错；但他又是个敏感、聪明的人，耶鲁大学的毕业生，善于读书而且充满求知欲。可以理解，他非常急迫地想做些有用的事情，用工作来填满无穷无尽的岁月，"直到女王陛下乐意变更为止"。

这位西北米德尔塞克斯郡米尔希尔公学的詹姆斯·默里博士发出的邀请，看来预示着充满智力刺激的机会，说不定还是自我救赎的一种方法。这比他能想象的一切事情都好得多。他要立刻写信报名。

他拿出纸和笔，用稳重的字体写下自己的通信地址：伯克郡克罗索恩村，布罗德莫。这个地址很平常。对于不知情的人来说，它只是伦敦附近美丽郊区一个普通村子里的普通房子。

即使外界有人知道 asylum（精神病院）这个词，当时对这个词的解释也是毫不惊人的。约翰逊词典中它的词义是"人们逃避抓捕的地方"。在约翰逊博士的心中，asylum 不过是个避难所。所以，威廉·切斯特·迈纳从这样的地方写信也勉强说得过去，只要不仔细追究它的深一层含义就行了。在英国维多利亚时代，这个词才渐渐集聚了某种凶险不祥的含义。

Bedlam (be·dləm). 词形：1-3 betleem, 3 beÞÐleæm, 3-6 beth (e) leem, 4 bedleem, 4-8 bethlem, 6- -lehem, 3-7 bedlam, 5 bedelem, 6 bedleme, 6-7 -lame, 6- bedlam。[中古英语 Bedlem = Bethlem, Bethlehem；指伦敦的伯利恒圣玛丽医院。该机构始建于一二四七年，原为修道院；伯利恒圣玛丽大主教和其他高级僧侣访问英国时，都居住于此修道院。一三三〇年始称"医院"，一四〇二年成为精神病医院（蒂姆伯斯）。一三四六年由伦敦市接管，根据英国"解散寺院令"交予伦敦市长和全体市民。一五四七年成为收治精神病人的皇家医疗机构。该词现代词义由此而来，最早出现于十六世纪。]

2. 专指伯利恒圣玛丽医院。该院收治精神病患者。原址在主教门，一六七六年在伦敦墙附近重建，一八一五年迁至兰贝斯。*Jack or Tom o'Bedlam*：疯子。

3. 泛指：精神病医院，疯人院。

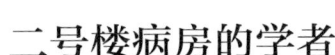

二号楼病房的学者

迈纳，威廉·切斯特。男，身材瘦削，头发浅沙色，脸部轮廓分明，眼窝深陷，颧骨突出，面色苍白。三十八岁。受教育程度很高，实际是外科医生。没有已知的宗教信仰。体重十英石零一磅。被正式列入"对他人有危险"类，被控故意谋杀兰贝斯的乔治·梅里特，但因患精神病而被宣判无罪。他本人称多年来受下层阶级人群的迫害，对这些人不信任，并称不明来历的人想用毒药伤害他。

以上是布罗德莫医院七百四十二号病人病历记录的开头部分。一八七二年四月十七日他被接收入院，当天下午医生对他进行了检查，然后写了这么一段话。

护送人员在途中给他戴上镣铐。同时遣送的还有一个名叫埃德蒙·丹蒂的杀人者，此人"精神严重失常，无法出庭"。这两个人都拘留在萨里郡的纽因顿监狱里，等伦敦的必要文件下达后才遣送上路，先乘蒸汽火车到哥特式的红砖车站，那时叫惠灵顿学院车站（因附近那所英格兰南部著名的学校而得名）；然后，一辆布罗德莫封闭严密的黑色四轮马车把迈纳和护送人员带进小村子旁边曲折狭窄的林间小道。马儿汗涔涔地把四轮马车和乘客拉上一个沙岩小山坡，坡顶上便是布罗德莫刑事精神病院。

这所医院现在名叫特殊病院。虽然维多利亚时代那种吓人的景象已经不复存在，今天的一切都谨慎地隐藏在现代化的、高度安全的圆顶高楼里面，但是从外面看上去，它还是有点令人生畏。在一八七二年，迈纳来到原先的大门前，大门两边各有一座三层塔楼，窗户上装着铁栅栏，中间的拱形通道上方有一只黑面挂钟。拱门由两扇巨大的绿色木门封锁着。马蹄声接近时，大门上的监视小窗打开了，接着大门也慢慢敞开。这时可以看见在十码远的深处还有第二道大门，封锁得同样严密。

四轮马车很快挪了进去，第一道大门砰的一声关上了，紧紧地上了闩。昏暗的、洞穴般的交接区里亮起了灯光。迈纳医生被命令走下马车，接受搜身。他的镣铐被卸下来带回萨里。执行遣送任务的法警把文件递了过去——用铜版花体字写成的遣送文书，由女王陛下的内政国务大臣亨利·奥斯丁·布鲁斯签署。精神病院的院长，温和慈祥的威廉·奥兰治，叫他的助理签发了收条。

迈纳医生被领进了第二道大门，走进了第四号楼，这是接待楼。他听见马转身的声音，法警爬上马车后命令车夫赶回火车站的声音。他又听见第一道大门打开放马车出去，然后重新关上了。第二道铁门关上后，加闩又加铁链锁住，发出了一连串叮当的响声。现在，他正式成了布罗德莫精神病院收容的一员。在此后的余生里，他可能将永远被禁闭在这个"家"中。

然而这是一个相当新的"家"。布罗德莫开办才九年。建立它的原因，是原先主要的精神病院——伯利恒圣玛丽医院（意为疯人院的 bedlam 一词即由此而来），已经人满为患了。事有凑巧，原先那所医院正好位于兰贝斯，离本案发生现场还不到一英里。处理因疯狂而犯罪的法律在一八〇〇年才由国会通过实行。从那时起的半个世纪以来，法官已经把好几十个男人和女人送进了精神病院，让他们留在那里"直到君主乐意改变为止"。在此之前，这些人都只能关在普通的监狱里。

维多利亚时代的人具有既严厉又开明的特点，他们相信把这些人禁闭在精神病院里，既有益于公众，不致造成危险，又可以使他们得到适当的对待。然而，开明也就到此为止了。今天，布罗德莫的住院者是病人，布罗德莫本身是一所特殊医院；一百年前可没有语言上的忌讳，那儿的人都是触犯刑律的疯子，治疗他们的是"精神病学家"或"疯病大夫"，而布罗德莫则毫无疑问是疯子收容所，要把他们牢牢看管起来。

因此，布罗德莫无论从外观上还是给人的感觉来说都像一所监狱，而且这是有意为之的。它的设计者是军事建筑师乔舒亚·杰布爵士，曾经建造过两所英国最可怕的高度戒备的监狱——潘顿维尔监狱和达特摩尔监狱。布罗德莫的楼房既长又窄，给人以严厉和威吓的感觉；所有的砖都是暗红色的；所有的窗户都加上了栅栏。围墙很高，墙顶上装有铁刺和碎玻璃。

整个建筑像一只螃蟹似的趴在小山坡的顶上，又丑陋又吓人。山坡下的村民们抬头看它一眼就会发颤。每星期一早晨还要试验提示有人逃跑的警报器，那鬼哭狼嚎的声音在丘陵一带反复回荡，叫人听了脊背发冷。人们说，警报过后很长一段时间，连鸟都吓得不敢出声。

但迈纳医生，一个美国杀人犯，该把他放在哪里呢？从他的病历记录来判断，正规的程序是花几天的工夫问询新来者本人的情况，然后，如果他愿意的话，和他讨论一下他是犯了什么罪而被送到这个地方。(有一个新来的人，当院长问他为什么杀死妻子和孩子的时候，他回答说："为什么我要告诉你呢？这你管不着。法官也管不着。这完全是家务事。"[加重语气])

头一件事照章办完之后(布罗德莫的通常做法是此后不再询问犯罪的事)，就由院长来决定新来的人住在哪个楼最合适。共有六个楼供男人住，两个楼供女人住，两者用墙隔开。如果病人有自杀倾向，他的病历就填写在粉色卡片上(而不是白色卡片)，他就会被安置在六号楼；楼内有较多的人员日夜看守。如果发现患有癫痫病，病人则将被安置在六号楼的另一批房间，这些房间的墙上镶有软垫以防碰伤，还有楔形枕头以防病人突然发病时被闷死。

如果病人被认为狂暴、有危险性，他也会被关在六号楼或看守人数稍少的一号楼。这两座楼有好几个名称："加强戒备楼""防止扰乱楼"，最近又称为"顽症楼"。无论过去或现在，这两座楼的外观都比别的楼更阴森荒凉。一般的病人都叫它们"后楼",因为从楼上看不见美丽的风景。这两座楼防护严密,措施强硬,气氛凄惨。

经过最初几天的询问,布罗德莫医院的大夫们意识到这位新来的病人本身也是个医生,既没有癫痫病,也不大可能自杀,也不至于狂暴到伤人的地步。所以,就把他送到了二号楼。这是比较舒适的地方,病人有一定的活动自由。它被称为"体面楼",意思是说,里面住的大都是体面人。一位参观者曾经写文章说,二号楼的气氛"有点近似于雅典娜神殿俱乐部"。后者是伦敦最高雅的绅士俱乐部,会员里有许多大主教和大学者。很难想象,俱乐部的先生们听了这个比喻后是会感到毛骨悚然还是会高兴。

然而,迈纳受到的待遇不仅仅是勉强的舒适而已。他出身上层,受过良好教育。所有布罗德莫的管理人员都知道他是退役军人,享有美国陆军的定期退休金。因此,他住的不是一间房,而是两间,位于二号楼顶层的南面。两间房连在一起,白天不上锁,夜间如果需要药品和食物,可以通过一个垂直的狭窄通道送进去。里面的人不能把手伸出室外。通道有小门,从外面加锁。

房间的窗户都从里面装了铁栏杆,但是窗外的美丽景色可以作为弥补。一片宽而长的山谷,到处牧草鲜美,牛羊成群,有的牛栖息在大橡树荫下;布罗德莫网球场和一个小板球场分布在山谷两侧。远方是低矮的蓝色丘陵被山毛榉环绕着。早春来临,天气清爽,丁香和苹果花竞相开放,云雀与黄莺引吭高歌。人们也许会觉得,法庭的判决并不完全是一场梦魇。

室外走廊的北头坐着一名看守——医院里称为护理员——负责看管这一层的二十个人。他携带着楼层大门的钥匙，但允许这些人自由进出自己的房间或到盥洗间去。因为不许病人使用火柴，护理身边有一盏煤气灯和一只黄铜喷嘴，病人想抽纸烟或烟斗时可以到那里去点火。配给病人的烟草都是每周从英国皇家海关送来的。（凡是由港口发现并收缴的走私品，都由内政部处理，其中一部分便分发到监狱和国办的精神病医院。）

没过几天，美国驻伦敦的副领事便写信来了，想知道这位不幸的军官受到什么样的待遇。他打听，是不是可以把"我们可怜的朋友"的个人物品送过去呢？（这些东西现在留在美国使馆，以便必要时抵偿法庭审判的费用。）原则上能不能去探视呢？为了让他高兴，能不能给他寄一磅咖啡和一些法国产的李子呢？院长奥兰治先生没有回答关于李子的具体问题，但是他告诉副领事说，迈纳医生可以得到他喜爱的任何东西，只要不损害他的安全和医院的纪律就行。

于是，一星期后，美国使馆就通过铁路托运来了一只大皮箱。里面有一件长外衣，三件马甲，三条内裤，四件汗衫，四件衬衫，四只硬领，六条手帕，一本祈祷书，一盒照片，四只烟斗，若干卷烟纸，一袋烟草，一张伦敦地图，一本日记，一只怀表和金表链（这最后一件是家族的遗产，法庭审判时提到过）。

最重要的是，据院长后来报告，迈纳的绘画用具也发还给他了：一只便宜的绘画箱，里面装有颜料盒、一套画笔、一块画板、速写册以及卡片等。他现在可以把时间用在有意义的事情上了，医院也鼓励病人进行此类活动。

随后的几个月里，迈纳把房间布置得很舒适，真有点像雅典娜神殿俱乐部的样子了。他有钱：他的退休金是每年一千二百美元，交给美国康涅狄格州的弟弟阿尔弗雷德代管，他本人则被国家确定为"失去管理能力"。阿尔弗雷德定期把钱汇到英国，保证他哥哥的银行账号里有现金可支取。迈纳靠这笔钱来满足他的一大消费需求——书籍。

他首先要求把留在纽黑文家中的书全部寄来。然后，他又从伦敦的各大书店订购了一批又一批的新书和二手书。他先把这些书高高摞在房间里，后来便花钱定做了书架。最后，两间屋子中西边的一间变成了书房，安放了写字台、几把椅子，还有从地板直达天花板的许多个柚木大书架。

他把画架和水彩画放在东边的房间里，还保存了几种威士忌和葡萄酒，那是美国领事不时寄来的。他重新吹起笛子来了，还教隔壁的邻居们也来吹。他还获得院方允许，花钱请一位病友为他干一点杂活：收拾房间、整理书籍、清洗绘画用具等等。在开始几个月里，生活可以说勉强过得去，现在则很安逸了。威廉·迈纳享受着安全而悠闲的生活，吃得饱，穿得暖，健康状况也有人照看。他可以在名为"高地"的一条很长的碎石小路上散步，可以在草坪旁的长凳上歇息，欣赏附近的灌木丛，他还可以尽情地读书、画画。

他住过的房间现在还保留着，布罗德莫医院在一百年间变化很小，只是二号楼已经改称"埃塞克斯楼"了。这座楼仍旧是给长期住院的病人居住的。两间屋靠西的一间，当年迈纳医生当书房用的，现在住着一位暴力倾向相当明显的病人。房间里乱扔着关于锻炼肌肉的杂志，墙上贴着兰博式的肌肉发达的人物的相片，还有美国大型摩托车的技术结构图；房门上贴着从漫画杂志上撕下来的几个大字："疯狂杀人者"。

另一间屋，当年迈纳画水彩画的地方，与隔壁形成鲜明对照。它十分干净整齐，似乎没有人住的样子。床收拾得纤尘不染，一枚钱币落在紧绷的床单上都会弹跳起来。皮鞋擦亮后排列一致，衣服整洁地挂在衣橱里。没有书，墙上没有东西。壁炉早就用木板封死了，但壁炉架上摆着一个小台历。有人告诉我，这间屋里住着一位埃及人。

人们从不担心迈纳医生会疯狂吵闹，但他丧失理智也是无须怀疑的事实。他从来不曾因为病重而被迁出温和宜人的二号楼，搬进更加严峻的后楼去（虽然一九〇二年出了一件可怕而奇怪的事，使他离开自己的房间达数星期之久）。然而，病历记录显示，他的幻觉在这些年里更加固定，更加离奇。看来他已经不可能恢复理智了。尽管他在布罗德莫生活得十分舒服，但已经没有别的地方允许他居住了。

前十年的病历都表明一个可悲而无情的事实：他的病情发展呈螺旋形下降的趋势。刚入院的时候，他就详细讲述了晚上，永远是晚上，有人骚扰他的怪事。一些小男孩躲藏在他床上方的屋顶里，晚上等他熟睡后就落下来，用氯仿麻醉他，然后强迫他做下流事——病历没有说清楚，到底是和那些男孩，还是和他经常梦见的一些女人。他声称，他醒来时鼻子和嘴上都有伤痕，那是男孩们把麻醉药瓶紧紧夹在他口鼻上造成的。他还说，他睡衣的裤腿总是潮湿的，这表明他夜间被迫在麻木状态下行走。

一八七三年四月："迈纳医生清瘦，贫血，举止易激动。虽然白天不失理智，常以画画和吹笛子作为消遣，但到了晚上就用家具顶住门，用绳子系住家具和门钮，以便有人试图进门时立刻醒来。"

一八七五年六月："他劝说医生相信有人从地板下面或从窗户闯进他的房间，用漏斗把毒药倒进他嘴里。他每天早晨坚持要称体重，看看毒药是否使他变重了。"

一八七五年八月："他早晨的面部表情常常憔悴而愤怒，似乎没有得到很好的休息。他抱怨晚上有冰冷的铁器撬开他的牙齿，还有东西灌过他。其他方面，没有变化。"

一年之后，那些魔鬼似乎使他极度沮丧。一八七六年二月，大夫写道："今天一个病友报告说，迈纳医生去靴室找他，说如果他割断迈纳的喉咙，就愿意给他任何东西作为酬谢。安排了一个护理人员照看他。"

之后的一年仍不见好转。一位护理人员于一八七七年五月报告说：迈纳曾表示，"整个社会都建立在腐败和欺诈的阴谋之上，他是阴谋诡计的受害者。这就是为什么他每天晚上要遭受野蛮的刑罚。他的脊椎被刺穿，心脏被刑具摧残。攻击他的人是从地板下钻出来的……"

一八七八年，现代技术也成了恶行的一部分。"他说不知哪里来的电流通过他的全身。他的前额被安上了一只电钮。他被装进货车里在乡下颠簸。"他有一次对一位护理人员说，他被带到了遥远的君士坦丁堡，在那里被迫当众表演下流动作。他声称："那些人想把我当男妓。"

但是，尽管这些幻觉在许多年里不断恶化，病历还显示出另一个方面——这对我们的故事更为重要——这个苦难的病人深思好学的一面也在平行发展。

七十年代末期，有一项记录这样说："除了说起晚上有人到他房间里的事情之外，在大多数的话题上，他的谈话是清醒而理智的。他在花园里的一块土地上干了点园艺，刚才情绪就相当愉快。但是他也有阴郁沉默的时候。"一年之后，另一个医生直截了当地写道："他大多数时候都是理智而聪明的。"

他开始定下心来，把这个大医院看作自己的家，把护理人员当成家里人。"他现在并不急于回到美国去，和过去的一阵子不一样了，"另一个医生写道，"他只要求多一点自由，比如到伦敦去观光，或者去看一个兰花展览，因为他刚收到一张请柬。"然而这位刚和他谈过话的医生对他的病情十分清楚，随即写了下面一段话。在今天看来，这些话决定了威廉·迈纳的永久命运。

毫无疑问，迈纳医生虽然在某些场合非常冷静自持，但总的来说精神失常更加严重，病情比几年前更差。他平静而坚决地相信，几乎每晚都有护理人员或与罪恶阴谋有关的一些人故意刺激他、折磨他。

大约在这个时候，发生了两件事，其中一件偶然地间接引发了另一件。第一件事的根源，在犯过严重罪行的人们当中并不少见：迈纳开始真心地对自己的所作所为感到内疚，决意作某种弥补。正是怀着这种心情，他大胆地给受害人的遗孀写信，请美国使馆转交，因为他知道美国使馆在惨剧发生后曾经为死者的家属募捐过，筹过款。

他对伊丽莎·梅里特说，他对自己做的事感到无比悔恨，愿意尽力提供帮助——不知可否给她和孩子们寄钱。迈纳的继母朱迪丝曾经捐过钱。如果梅里特太太能够宽宏大量地接受的话，他愿意提供更多的钱。

这封信似乎产生了小小的奇迹：梅里特太太不仅同意接受迈纳的经济资助，而且还询问可否去看望他。这个要求是前所未有的，一个被禁闭的杀人者居然能和死者的亲属见面。然而英国内政部在与奥兰治院长讨论之后，竟同意她进行一次试验性的访问，但必须在监视下进行。于是，在一八七九年末的某个时候，伊丽莎·梅里特太太从兰贝斯来到了布罗德莫，去和七年前杀死她丈夫的人见面。这个人曾经使她和七个孩子的生活发生了剧烈的变化。

根据奥兰治院长的记录，这次会面开始时气氛有点紧张，但进行得不错，结束的时候梅里特太太表示愿意再来。不久之后，她每个月都到克罗索恩来一次，对这个现在看来无害的美国人感到同情和好奇，愿意和他交谈。虽然这些谈话没有发展成真正的友谊，但她却作出了一个承诺，引出了他生活中第二件重要的事。她答应从伦敦的古董书店里把书带到迈纳这里来。

伊丽莎·梅里特对书本是外行，实际上她认不得几个字。但是她看到迈纳医生爱书、收藏书，听到他抱怨从伦敦寄书到克罗索恩邮费太贵、时间太久，便自告奋勇地为他去取已经订购的书，再把书送到这里来。就这样，一月又一月，梅里特太太从伦敦西区的大书店，例如玛格斯、伯纳德·夸里奇、哈查德等，把许多用麻线和火漆封好的棕色纸包带到了布罗德莫。

这样的运送方法解决不了多少问题，大约也就维持了几个月光景。梅里特太太后来喝上了酒，对于这个奇怪异常的美国人渐渐失去了兴趣。但是，送书的时间虽短，却带来了对迈纳无疑是最幸运的好事，不然的话，他的生活就更加悲惨了。

正好是在十九世纪八十年代初，他偶然碰上了詹姆斯·默里第一篇征求志愿者的著名呼吁，其中要求有兴趣的各界人士报名参加新词典的相关工作。默里于一八七九年四月第一次印出了呼吁书，通过书商分发了两千份。其中必定有一份，或者多份，被装进打包的书籍中，由梅里特太太带给了医院里的迈纳。

这八页呼吁书非常粗略地描绘了需要做的事情。首先，默里建议阅读下列时期的书籍：

> 英语的早期到印刷术发明这一阶段的书籍，已经大量地被阅读过或正在被阅读，因此不需要外来的协助。然而，早期印刷的书籍——卡克斯顿及其后继者印出的书，还没有人读过，如果有人有机会或时间读到这些书的原本或复制品，将给我们提供极有价值的帮助。十六世纪后期的文献已经大体被读过，但还有几本书等待阅读。十七世纪的作者大为增加，自然就留下更多尚未探索的空间。十九世纪的书籍，大家都容易接触到，所以读到的书很广泛，但是也有不少未读的书，不仅包括在词典工程停顿的近十年内刊行的新书，也包括一些早期的书籍。然而，最需要帮助的是十八世纪的部分。美国学者曾许诺将十八世纪的文献在美国完成，但这项许诺他们并未兑现。我们必须呼吁英国的阅读者来分担这个任务。这一时期的几乎全部书籍，除了柏克的著作之外，都尚未读过。

然后，默里开列了二百多位作家的名单，他认为阅读他们的作品对词典编写非常重要。这个名单相当令人生畏：大部分的书籍都很罕见，也许只有少数收藏家手中才有。另一方面，有的书在默里新建的米尔希尔词典图书馆中能找到，谁答应阅读这些书，就可以给他寄去。（但必须保证归还。弗雷德里克·弗尼瓦尔担任主编的时候，曾发现有些读者利用这个借阅方法来充实自己的藏书，既不按要求把引语纸条寄去，也不归还借书。）

迈纳医生读到这个小册子的时候，显然正处在愿意钻研、乐于思考的积极情绪之中，他欣然作出了回应。他立刻写信给詹姆斯·默里，正式报名担任志愿阅读者。

但是，这件事的具体时间还不十分清楚，也就是说，尚未弄清迈纳是何时开始他的传奇性工作的。据默里后来回忆，"我开始编词典后没多久"就收到迈纳的来信了。然而，迈纳与词典编者的通信，目前最早只能找到一八八五年的信件，这就很难说是"没多久"了。

还有一条线索：一八七九年九月《雅典娜神殿》杂志上登了一篇文章，认为美国人也许乐于参加词典的工作。迈纳在布罗德莫订阅了这份杂志，完全有可能读过这篇文章。根据上述假设，根据默里的回忆以及在牛津博德利安图书馆新发现的迈纳的投稿记录来看，他与词典的关系开始于一八八〇年或一八八一年是非常可能的。

默里当时以为他的投稿人迈纳是什么人？住在什么地方？他记得迈纳给词典编辑部写的第一批信件上只注明了"伯克郡，克罗索恩，布罗德莫"。他那时工作太忙，没时间追究到底是怎么回事，尽管这个地址似曾相识，令人好奇。在他收到迈纳的来信时，已经收到了大约八百封类似的信件，都是响应他的呼吁的。他的请求获得巨大成功，已经使他应付不过来了。

他以特有的彬彬有礼的方式回信给迈纳，说迈纳既有热情和兴趣，条件也显然合格，因此应该立即开始阅读手头已有的书籍，或者到词典编辑部去寻找他需要的书籍。

默里接着说，到一定的时候，如果词典编辑们找不到某个词的引语，也许会请求迈纳医生专门为这个词提供引语。目前，迈纳医生和所有早期报名的志愿者只要开始阅读就行了，他们应该列出词汇表，仔细地系统地写出这些词汇的引语，提供一般的帮助；主编对他们表示郑重的感谢。

默里还随信附寄了两张印好的材料，表明迈纳已被正式聘为志愿阅读者和投稿人，愿意提供一切所需的建议。

尽管如此，若干年后默里解释说："我从来没有想过迈纳到底是什么人。我以为他也许是一个爱好文学并有大量闲暇的开业医生，要不就是已经退休，没有别的事情可干的外科大夫。"

这个美国投稿人的真实情况，比这位天真而超然世外的苏格兰人所想象的要奇怪得多。

catchword (kæ·tʃwɔɹd)。[源自 CATCH- 3b + WORD。]

1. 印刷术语。书籍每页的右下角（最后一行的下面）加印后一页的第一个词（现在已很少使用）。

2. 位置引人注意的词，尤指 **a.** 词典等每一条目的起首词；

1879 *Directions to Readers for Dict.*，"Put the word as a catchword at the upper corner of the slip".（把这个词置于纸条上方作为词目。）

1884 *Athenæum* 1 月 26 日 124/2 "The arranging of the slips collected . . and the development of the various senses of every Catchword."（安排收集到的纸条……以及每个词目的不同意义的发展过程。）

载入词汇表

与默里第一封信一同寄出的两小张写得密密麻麻的印刷材料，是一份非常详尽的工作说明书。那天早晨病房管理人员把邮件送来的时候，迈纳一定是急迫地打开这份说明书，把它的内容读了一遍又一遍。但是，使他着迷的并不是内容，这一套协助编纂词典的规定并不是使他感到兴奋的原因。

　　原因很简单，这个说明书是首先寄给他的。詹姆斯·默里的信在迈纳看来是一个象征，表明人们进一步宽恕了他，了解了他。伊丽莎·梅里特来看望他，已经表示了这个意思。现在又有人邀请他参加工作，仿佛在长久地与世隔绝之后，他又重新成为社会的一员。这是他求之不得的。他感到，人们把这两张工作守则寄给他，就是再度把他接回到真实世界的一个角落。应该承认，这个角落仍旧是精神病院的两间病房而已，但是它已经和学术界有了牢固的联系，和比较惬意的真实世界有了交往。

　　整整十年，他待在囚禁和隔离的阴暗沼泽中，无法与外界进行智力交流，现在迈纳感到终于回到了充满阳光的学术天地。他觉得自己重新归队了。接着，他的自我价值观念也慢慢恢复，虽然还相当微弱。从现存的一点病历记录来看，他似乎开始有了自信心和满足感，那都是随着默里的信件以及准备动手工作而到来的。

至少在一段时间里，他看起来真的愉快多了。这位未老先衰的中年人（他当时接近五十岁）一向性情多疑而阴郁，现在似乎有了改变。维多利亚时代的病房观察记录一贯是苛刻严厉的，但也暗示出了这样的变化。尽管持续的时间很短，但他的性情和善了不少。这一切都是由于他终于可以做点有价值的事情了。

工作虽然有价值，但也存在问题。迈纳医生很快就意识到这个担子非常沉重。这项巨大的工程对于历史、对于后代、对于整个英语世界都有无可估量的潜在价值，只能做好，不能做坏。默里的说明书解释了词典需要千万条引语，收集引语的任务无比艰巨。在一个精神病院的小病房里能做得好吗？

迈纳有足够的智慧提出这个问题，因为他很清楚自己的环境和身份，同时，他也有足够的智慧来部分地回答这个问题，因为他明白默里编词典的路子是正确的。迈纳爱读书，爱文学，因而对词典也多少懂得一些，知道过去出版的词典有哪些优缺点。经过一番思考，他非常乐于参加这个工作，为它出力，不仅仅是因为他可以做点有价值的事，这只是第一个原因，而更主要的是因为他认为默里的计划是正确的，这一点不证自明。

但是默里的计划意味着他今后的责任重大，他读书将不再是一种享受，不再是在英国文学出版物的历史长河中悠闲愉快地徜徉。他必须小心翼翼地关注读到的一切，去搜求默里的词典班子所需要的东西，最后，经过认真挑选，把最佳的条目寄出供词典采用。

默里的说明书告诉他怎样做好工作：引语要写在裁成半页的纸条上。引用的词——默里习惯于称之为"词目"——写在左上角。引语出现的日期写在下一行；再下面几行分别是作者姓名，引语出处的书名、页码；最后是引语所在句子的全文。有些著名的重要书籍，例如乔叟、德莱顿、哈兹利特、斯威夫特等人的著作，肯定要大量引用，因而早就印好了现成的纸条，指定阅读这些书的志愿者只要写信到米尔希尔词典编辑部去索取就行了。其他的书籍，默里就要求阅读者把纸条各项都写全，按首字母排列好，最后将材料寄到"缮写室"。

这一切都很简单。但是，每个人都会问：应该挑选哪些词呢？

默里的早期规定是明白清晰的：每个词都可能是词目。志愿者应当设法为书中的每个词找出一条引语来。他们应该注意那些罕见的、过时的、老式的、新式的、奇特的、用法特殊的词，但是他们也应该十分注意普通的、寻常的词，只要包含这个词的句子能够表现出它的意义和用法就行。必须特别关注新出现的、试验性的词，或过时的、古老的词，从而使引语的日期能够有助于确定这些词被引入英语的时间。默里希望所有这一切都为阅读者所理解。

但是，阅读者还会问：一个词究竟需要多少条引语呢？"只要方便，愈多愈好。"默里这样回答，特别是不同的上下文能够解释不同的词义，或有助于说明某些词在用法上的细微差别的时候。寄到米尔希尔那座铁架房屋去的引语愈多，工作就会愈顺利。默里告诉志愿者们，他手下的助手很多，不怕没有人来处理这些材料，他的房屋也很坚固，寄多少材料来都装得下。

（在柯勒律治和弗尼瓦尔担任主编的时期，已经有超过两吨重的纸条寄到了编辑部。但是默里没有让大家知道，有多少已经让耗子啃了或让水泡坏了。他也没有宣布，有一堆纸条竟在一个婴儿车中找到了；还有一批以 I 字母开头的材料被抛弃在一间空的教区牧师宿舍里，搁在一只破了底的大篮子中；以 F 字母开头的全部材料都被误寄到佛罗伦萨去了。默里还写信给一个朋友说，几千张纸条的字迹潦草模糊，简直比用中国文字写成的更难读懂。）

在迈纳看来，说明书的第二页内容虽然平淡，但更有实际帮助。它申明默里有一笔钱，可以报销无力负担的志愿者寄送包裹的邮费。说明书要求大家将邮件按书籍投寄的方式寄到米尔希尔，封皮的两头不要封死，因为邮局规定禁止贴任何封条，否则将对默里处以罚款。

很多早期的志愿阅读者真是糊涂得可怕，根本不明白他们的任务是什么。比如说，有几个人问，是不是书中每一个冠词 the 的用法都必须找出引语来说明？如果要这样做，书中的冠词有几万个，就无法处理别的实词了。还有一个女读者叫苦说，她刚刚仔细读完了一本书全部的七百五十页，竟找不到一个罕见的词，她该怎么办呢？

默里对这一类诉苦的回答是非常耐心而和蔼的，虽然他那加尔文教徒式的严峻也微微在字里行间流露出来。他轻轻咬住牙齿说道，不，根本没有必要为定冠词或介词提供好几十个例句，除非遇到非常奇特的情况才需要记录下来。不，不，不！读书不光是为了寻找罕见的词——他必须再三提醒读者。他们必须记录下所有使人感兴趣的词，所有在用法上独特而有意义的词，所有用得漂亮、精辟而恰当的词。

他说，如果只收集罕见的词，便会形成一种危险，比如说，他已经收到了足足五十条 abusion（意思是"真相的歪曲"）这个词的引语，可是普通得多的 abuse 的引语却只有五条。

他写道："我的编辑人员花费了许多宝贵时间为普通词寻找例句引语，只因为志愿阅读者忽略了这些词，认为不值得收集它们的引语。"默里坚持请大家"想得简单一点""想得简单一点"。

可他的意思还没有被人们理解，这使他有点恼火，因此，他又把全部说明归纳为一句话，把它作为阅读者的金科玉律。他要求他们简单地做到："这是 heaven, half, hug, handful 或诸如此类任何词的重要引语；能说明词的意义和用法；适合词典用为例句。"默里反复说："顺着这样的思路做下去，你就不至于错得太过分了。"

威廉·迈纳对读到的这一切显然都领会于心。他上下察看自己的图书室，浏览了过去十年中积累起来的惊人的收藏。他又拿出默里原来那本小册子里开列的书单，看看书架上的书是否对得上，到时候能否派上用场。

从前，这些书只是心爱的装饰，是使他的心灵摆脱布罗德莫阴暗的现实生活的工具。突然间，这些书变成了他最可贵的财富。他至少可以暂时忘掉有人要伤害他的想象。现在倒是他的几百本书需要安全保护，不受精神病院里他想象中的劫匪的侵犯。他的书，还有他凭书籍开展的词典工作，已经成为他的新生活的主要特征。此后的二十年里，他在布罗德莫不做别的事，一心一意在书的天地里施展才干，在书的词句上下苦功。

然而，他是一个有创造性和独立见解的人，他觉得自己能比单纯听从默里的指示干得更好。由于他的特殊处境，他有时间，也有藏书，所以能够做得更多，方法也不完全一样。他花了几天的工夫来思考怎样才能更好地为工程服务。但是在几星期之后，他才想出了完成任务的最佳途径。他下了决心，从书架上取下了第一本书，打开后平摊在书桌上。

我们不能确定这是哪一本书。但为了说明问题，让我们假定这第一本是皮面、书口涂金的翻译作品，名叫《完全的女人》，原文是法文，作者为雅克·博斯克，译者只署名 N.N.，一六三九年在伦敦出版。我们知道他有这本书，也使用过这本书。

他有许多理由从这本书开始工作：它是一本十七世纪的佳作，很少有人读过，富有异国情调，而且肯定充满了奇怪有趣的词语。默里曾经劝告志愿阅读者去考查这个历史时代的书："十七世纪的作者大为增加，自然就留下更多尚未探索的空间。"匿名者翻译的博斯克的书，显然属于这一类。

于是迈纳从抽屉里取出四张白纸和一瓶黑墨水，挑选了一支笔尖很好的笔。他把纸折成一叠，共八小页。然后，也许最后看了一眼窗外郁郁葱葱的田野，便定下心来读书了。一行又一行，一段又一段，慢慢地仔细地往下看。他在最初做准备的那些天里，想好了一套工作的程序，边看就边照这个规程做下去。

每当发现一个激起他兴趣的词，迈纳就把它写下来。字体很小，几乎要用放大镜才看得清，写在那一叠纸的适当位置上。

这种在工作程序上的独特习惯，很快成了迈纳注意细节和惊人的准确性的特别标志。后来见过他的成果的人，没有不赞美而且敬佩的。直到今天，保存在词典档案中的那许多叠纸页仍旧使人们惊叹不已。

让我们举一个例子吧。比如说，他碰到 buffoon 这个词，在博斯克那本书的第三十四页，他觉得它出现在一个句子里很有意思，能恰当地表明词义。他立刻用很小但完全清晰的笔体把它写在那叠纸的第一页上。他把这个词和原书的页码写在纸面的第一竖行、离底部比较近（约全页的三分之一）的地方。

这个位置经过了仔细的选择，是非常准确的。因为迈纳很清楚他还要碰到别的有趣的词，也是以 b 字母打头的。这些 b 字母开头的词大部分将被放在 buffoon 之前，很少有机会放在后面（因为 buffoon 的第二个字母是 u，所以只可能有三种单词排在其后，或者是第二个字母也是 u 的单词，或第二个字母是仅有的两个合理字母的单词——w，只有 bwana 一个词，或 y）。

果然，几页之后，他碰见了一个有趣的词 balk，引语很好，值得载入词汇表内。他把这个词记在 buffoon 之前，但隔着足够的空，以便记入另一个 b 开头的词（其第二个字母正好在 a 和 u 之间的）。五页之后，他高兴地看见了 blab 这个词，正是他已经预料到的，于是也把它记了下来，位置在 balk 之下，buffoon 之上，在他巧妙地留出空的地方。

这样，从迈纳医生满满一屋子书的第一本开始，词汇表的记录工作逐渐推进，一个词，又一个词，再一个词。每个词都拼写正确，在词汇表上位置恰当，并标有原著页码可供查证。从 atom 和 azure 到 gust 和 hearten，再到 fix 和 foresight，词汇表不断延伸。有的词出现了多次，例如 feel，迈纳从博斯克的书中共选出了十六处，其中有的词形是 feeling，作动名词（如"I can't help feeling this way"），或名词（如"The feeling of which you speak is painful"）。

完成第一本书的词汇表，肯定用了几个星期，甚至是几个月。他完成第一个表的时候，也许已经是一八八三年。离詹姆斯·默里第一次发出征集志愿者的呼吁书已经过了整整四年，离《雅典娜神殿》杂志建议请美国志愿阅读者帮忙已经过了三年多，离迈纳读到呼吁书后决定参加工作也已经过了一年或两年；过了这么久，迈纳一直没有把任何一条引语寄给"缮写室"。词典的编辑们也许以为，他已经失去了兴趣，或者他觉得工作太艰巨，自动退出了。

但事实真相完全不是这样。迈纳医生事实上有他另外一种工作计划，方法和所有其他志愿阅读者都不相同。这一套办法使他在大词典的创建过程中显出了独特的价值。

他在完成了第一个词汇表的繁重任务之后，立刻又开始了第二本书的工作。也许第二本是一六三八年出版的弗朗西斯·朱尼厄斯的《古代绘画》，也许是一五五一年出版的托马斯·威尔逊的《理性法则》。或者是别的什么书。他的藏书十分丰富，他不断地选择，一本做完又接着一本。每本书大约用三个月完成，他觉得其详尽程度大体符合远方词典编辑的需要。

他这样日复一日地干下去。他房门上的监视小窗每一个小时左右就开关一次，那是布罗德莫医院的护理人员在检查这位奇怪的病人是不是仍在房间里，是不是安全。他总是全力以赴，全神贯注地工作着。他从每本书中搜集词句，进行整理，做出索引。他的书桌上渐渐堆满了许多叠纸，每一叠都是一本书的词汇索引表，来源于他从藏书中选取的非常有价值的珍贵"宝石"。

虽然我们无法确定他首先读的是哪本书，但是我们知道他读过的一些书的书名。看来他最感兴趣的是旅游和历史方面的书籍。尽管他被关在病院楼顶的书斋里，他可怜的思想却驰骋到了远方。他读过托马斯·赫伯特写于一六三四年的一本书，书名是"始于一六二六年的非洲和大亚洲数年旅行记"。人们可以想象，当他一行行读下去的时候，他会感到自己失去自由是多么痛苦。他还读过葡萄牙人卡斯特涅达写的《第一部发现并征服东印度的历史》（由尼古拉斯·李奇菲尔德于一五八二年译为英文）。人们也可以猜想，他在做这本书的词汇表时，心中对于锡兰的亭可马里，以及当地的女孩子，必定会泛起阵阵的乡愁。

他仔细搜集的词汇表一个接一个堆积起来了。到了一八八四年秋天，他已经有足够丰富的材料，有大量附上了易懂的引语的单词，可以向词典的编辑们，尤其是默里本人提出问题：此时到底需要哪些词目？他可以即刻找给他。别的志愿者只是阅读指定的书籍，在纸条上记下有趣的引语，然后把纸条成捆寄出。迈纳医生却有充足的时间，能够以自己独特的方法不断推进。

有了迅速增加的词汇索引，他便能够在词典工程需要帮助的地方及时给予帮助；编辑们需要什么词的引语，他就寄什么材料给他们。他能够在任何时候与词典工作保持同步，跟上工程的进度，因为他已经准备好了他们所需要的材料。他已经为问题做好了答案，一个词典中的词典，一个维多利亚时代的词汇卡片盒，随时都可以使用。他那简朴的书桌上堆积的叠纸页是一种创造，完全值得他为之感到自豪。

他的做法将是这样：首先写信给词典编辑部，问他们正在做哪个字母、哪个词的工作。在收到回答之后，他就去查自己的索引纸页，看看他是否已经记录下了这个词。如果他记录了这个词（由于他的新方法，由于他精力充沛的广泛阅读，他完全可能已经作了记录），他就根据这个词的页码，到书中找出这个词。到了那个时候，他才把包含这个词的最佳例句抄在已经准备好的引语纸条上，给"缮写室"邮寄过去。

这个方法是前所未有的。这样一种程序，只有精力和时间都十分充裕的人才想得出来。当然，它非常适合编辑们的需要。他们现在知道，在克罗索恩某个神秘不知名的地方，有个似乎可以随意开启的水龙头，只要一打开，按索引查出的词以及有关的引语例句便可以源源而来。

迈纳给编辑部写了一封信，说自己已经做了哪些准备，打算如何满足他们今后的需求。收到这封信之后，默里手下的编辑们必然感到日子好过得多了。从此他们不必只依赖搜寻那些书架和分类架，在成千上万的引语纸条中去找出所需词语的引语了。这个引语有时还根本找不到。他们只要发现哪个词出现了问题，便可以写信到克罗索恩去请求支援。

如果运气好的话（这种可能性很大），他们将按时收到迈纳医生的回信和一个包裹，装有他们正好需要的东西。他们可以非常及时地将这些引语纸条贴在一张纸上，交给有关人员去排版、制版、付印。

头一个试着按上述方法操作的词，看似简单，实际却不然（任何一个单词和别的词相比，都有不简单的地方）。这个词很快就要收进词典的第二分册，在一八八五年的夏末付印出版。一位助理编辑写信给迈纳说，请查阅你的词汇表，是否能找到 art 这个词的有关资料，包括它的所有派生形式的资料。

这封信直接寄给了布罗德莫的迈纳医生，正如他本人所建议的那样。写信的默里的助理编辑对于他求助的对象一无所知。从那时起的许多年里，"缮写室"的人们都不知道他的任何情况，只知道一个无法否认的事实：他工作出色，反应很快，快要成为大词典编纂团队里不可缺少的一员了。

Art 将是他的第一个考验。

Poor (pū²j), *a.* (*sb.*) 词形 : *a.* 3-5 pouere (povere), 3-6 pouer (pover),
(4 poeuere, poeure, pouir), 4-5 poer, powere, 5 poyr, 5-6 power, (6
poware). *β* 3-5 poure, 4-6 powre, pour. *γ.* 3-7 (-9 方言) pore, 4-7 poore, (6)
7-poor. *δ.* 苏格兰与北部方言 4-6 pur, 4-8 pure, (4 puyre, 5 pwyr, poyr,
6 peur [e, pwir, puire)], 6-puir (ü), (9 peer). 〔中古英语 pov(e)re,
pouere, poure, 来自古法语 povre, -ere, poure, 现代法语 pauvre, 方言
paure, pouvre, poure = 普罗旺斯语 paubre, paure, 意大利语 povero,
西班牙语、葡萄牙语 pobre : ——拉丁语 pauper, 晚期拉丁语亦为 pauper-
us, poor。现代英语 poor 和苏格兰语 puir 相当于中古英语 pōre : 现代通
俗体 pore, 比较 whore 和 door, floor 的发音。

由于字母 u 及其在一六〇〇年前的变体 v 常出现混淆, 很难确
定中古英语 pouere, poure, pouer 是表示 pou- 还是 pov-。语音系列
paupere (m, paupre, paubre, pobre, povre 显示 povre 先于 poure, 后
者在古法语晚期形成, 为现代法语各种方言的词形。但十五世纪和
十六世纪早期法语的文言词形为 povre, 在十五世纪被随意拼写为
pauvre, 来自拉丁语 pauper。中古英语 pōre (现代英语 poor 的来源)

似乎由 povre 缩减而来，犹如 o'er 来自 over, lord 来自 loverd。比较 POORTITH, PORIL POVERTY。然而现代英语方言中有 pour (paur)，可能相当于中古英语 pour (pūr)〕

I. 1. 物质财产很少或没有物质财产，缺少令生活舒适的物品或必需品。贫穷，贫困，（在法律上）尤指需要施舍或救济才能生存。在日常使用中表示不同的程度，从极端的穷困到拮据的境况，或指所处的地位相对困窘，如"a poor gentleman""a poor professional man, clergyman, scholar, clerk" 等。为 rich 或 wealthy 的反义词。poor people, the poor 指一个阶层，暗指社会地位低下。

6. 境况值得同情或怜悯；不幸的，命运不好的。现在主要用于口语。

在英格兰许多地方用来表示熟识者的死亡 =late, deceased。

Annulated, Art, Brick-Tea, Buckwheat

一八八五年春天，第一批雪白的纸条，六英寸长四英寸宽，满载着威廉·迈纳用微带青色的黑墨水写出的整齐漂亮的草书字体（那字体一望便知是美国式的），从布罗德莫的邮政局寄出来了。到了夏末，这些包在棕色小纸包里的纸条陆续寄到了词典编辑部，每月一次。后来，纸包变大了，而且每周一次。再不久，纸条的小雨变成了暴风雪，从克罗索恩席卷而来，在接下来的二十年内几乎没有间断。

　　然而，这些纸条没有寄到米尔希尔去。迈纳医生的工作进入第二阶段，即提供引语而非积累词汇表时，詹姆斯·默里及其团队已经搬到牛津去了。默里已经放弃了学校教师的轻松职务，全力投入了词典编纂这个薪金微薄而无比费时的工作中。

　　这时大家的情绪都很低沉沮丧。默里开始大词典编纂的最初几年是相当不愉快的，他好几次都想辞职不干了。出版社的委员们既吝啬又喜欢指手画脚，工作进度慢得难以忍受。由于工作时间无尽无休，默里对工作的专注又达到了偏执狂的程度，他的健康受到了损害。

但是有一件事支持着他们干下去：牛津大学出版社主张词典分卷出版，以便获得收益，现在第一分册终于在一八八四年一月二十九日出版了。这件事距离默里担任主编已经将近五年，距离理查德·切尼维克斯·特伦奇发表著名演说，号召编一部新的英语词典，已经过去了二十七年。现在，第一册共三百五十二页从 A 到 Ant 的词典已经由牛津克拉伦登出版社印出，封面为朦胧的灰白色，书页有一半没有完全切开，价格为每本十二先令六便士。

现在终于有了第一份实实在在的成果："《按历史原则编纂的新英语词典》，主要根据语文学会收集的材料编成。由语文学会主席詹姆斯·A. H. 默里（法学博士）主编，曾得到许多学者和科学家的协助。"

默里不禁满怀自豪。每当他把这易坏的平装本拿在手中时，压在他身上的种种难题似乎很快就要消失了。再过几天就是他的四十七岁生日，他觉得太阳突然从浓重的阴云中跃出，在乐观情绪的支配下，他宣布有信心在十一年后完成最后一册。

事实上又花费了四十四年才完成。

然而，经过了多年的等待，对词典有兴趣的各界人士至少可以一窥这件工程辉煌繁复的面貌了，看见它的细节，它的精雕细刻，以及编者执着追求的错综复杂的准确性。在英国可以花十二先令六便士订购一册；在美国则可以花三美元二十五美分买到在牛津印刷，由纽约麦克米兰公司发行的分册。

解释最简单的字母"a"占用了四页。后面头一个词是罕见的名词"aa"，意思是"溪流"或"水道"。证明这个词存在的一条引语来自一四三〇年的一本书，书中提到潮湿水乡林肯郡的索尔特弗里比镇，该镇在四百年前有一条小溪，当地人称之为"le Seventown Aa"。

分册中第一个现在流通的词是"aal"，这是与茜草有关的一种植物的印地语或孟加拉语名称。从该植物中可以提取染料用于染布。一八三九年安德鲁·尤尔编的《工艺品、制造品和矿产词典》提供了权威性的引语："He has obtained from the aal root a pale yellow substance which he calls morindin."（他从 aal 的根里得到一种淡黄色物质，把它称为橄树素苷。）

然后，出现了第一个地道的英语词（如果真有所谓地道英语的话，语言学家可能会吹毛求疵吧）。那就是 aardvark（南非土豚），一种半像犰狳半像食蚁兽的动物，生活在非洲靠近撒哈拉沙漠的地方，长着两英尺长的黏糊糊的舌头。词后共附了三条引语，最早的一条出现于一八三三年。

这个庞大的字词商场就这样展示自己的宝贝，从 acatalectic 和 adhesion，经过 agnate 和 allumine，到 animal 和 answer，最后到了 ant 一词，默里及助手们的解释比"蚂蚁，具有社会性的蚁科小昆虫"要丰富得多。它也是"ain't"的缩写形式。它是一种罕见的前缀，意思与"anti-"相同，如 antacid。更常见的是作为一种后缀，由法语派生而来，表示"有的时候"，构成的英语词如 tenant, valiant, claimant, pleasant 等。这第一批三百五十多页的学术成果，在四十多年之后膨胀成了一万五千四百八十七页。

默里博士继续编词典的地方，是牛津的新"缮写室"。在 A-Ant 分册完成之后六个月，他和妻子艾达带着一大家子人（六个儿子，五个女儿）于一八八四年夏搬到了牛津。他们住进一幢大房子，位于当时牛津城的北郊，班伯利路七十八号。人们称之为"向阳屋"（Sunnyside）。按照牛津北部的生活方式来看，这幢房子又大又舒服，而这一带是大学高级学者居住的安静区域，也有一些较小的机构设在那里。默里的住宅宽大舒适，门口竖着一个红邮筒，每天都要接收默里寄出的大量信件。这所房子和邮筒如今依旧存在，房子的新主人是一位知名的人类学家，他对房屋的外观没做什么改动。

只不过"缮写室"已经不存在了。"缮写室"（Scriptorium）按默里的大词典所下的定义，本来是"教堂里专门用来抄写经文手稿的房间"，默里一家人却亲切地称它为 Scrippy。它的消失也许并不奇怪。甚至在当时，就没有人喜欢这个铁架房子。它五十英尺长，十五英尺宽，建在后花园里。邻居说它破坏了美丽的风景，于是默里只好把它建在三英尺深的沟里，使得屋内又冷又潮。挖出来的土形成了一个长堤，邻居看了更不高兴。建成之后，人们说它像个工具房，又说像个马棚、洗衣房。在里面工作的人咒骂它冷得刺骨，像苦行僧修行的地方，称它为"可怕的铁架子狗窝"。

但它比米尔希尔的"缮写室"长二十英尺（米尔希尔"缮写室"至今还存在，是这所贵族学校图书馆的附属建筑），而且分类保存和使用引语纸条的设施也大大改进了。这时引语纸条如雪片般飞来，每天都有一千多条。

起初建立了一千零二十九个存放纸条的分类架（柯勒律治任主编时只有五十四个）。随着纸条大量增加，单是重量已经令架子承受不住，便增加了许多排架子。光亮的桃花心木长桌上，放着当天需要研究的字词的材料。和教堂里用的那种一样的大阅读架，承载着主要的词典以及参考书，以便默里一班人随时翻阅查询。在米尔希尔的时代，默里本人的书桌和坐椅安放在一个高台上。在牛津，大家都比较平等地在地面上工作，但默里的凳子比别人的高一些。他以无可怀疑的权威主持一切，什么都看得见，一点也漏不下。

他组织"缮写室"的工作，就像军官指挥作战一样。纸条是军队作战的对象，默里则是战斗指挥官。每天早上纸条包裹送进来，大约有一千条之多。由一个人粗看一遍，看条上是否项目齐全，拼写正确。第二个人往往是默里的孩子，到了能识字的时候便雇来工作，每周领六个便士，每天工作半小时；这个孩子日后便成了拼字游戏的好手。他的任务是将词目按字母表的顺序排列，把纸条整理好。第三个人把词目按不同的词类加以区分，例如作为名词的 bell，作为形容词的 bell，作为动词的 bell，等等。第四个人则把引语按出现的年代从早期到近期编年列出。

然后，团队里一位比较高级的助理主编，将每个词在各个时期的不同含义加以区分；同时，他也将初次尝试词典的最关键部分——给词写出定义（如果他以前没有这样做的话）。

给词下恰当的定义是细致又特殊的艺术，必须遵守一些规则。拿名词来举例吧，一个词首先应该归入它所属的类别（哺乳类，四足动物等），然后，又要与同类的事物相区分（牛类，雌性等）。定义所用的词语不能比被定义的词更复杂难懂。定义应当说明某物是什么，而不应当说某物不是什么。如果一个词有许多意义（例如cow 有许多意义，cower 只有一个意义），那就要全都讲明白。定义中所有的词语都应该在词典中找得到——词典的读者绝不能碰到他在词典中查不到的词。如果词典编者遵守以上规则，不断追求文字简洁典雅，工作努力认真的话，他就能够写出恰当的定义。

这时候，词的引语已经按不同的词义分成许多小组，每个小组由助理主编标上了词义或写了定义（或者在此以前就初步写过），剩下的工作就是把每个小组的引语按年代排列，以便显示这个词目的意义在历史上发生变化的全过程。

这些都做完之后，默里就把一个词所有不同含义的引语纸条拿过来审查，必要时重新加以安排或重新分组。他把这个词的词源学解释写出来（牛津大学出版社虽然已经出版了词源词典，后来还是同意默里把词源解释列入大词典）并标注出词的发音（这是常发生争论的问题，因此很难作出决定），然后最终确定最佳的引语。最理想的情况，是在词语被使用的每个世纪，都能从文献中找出至少一条引语；除非是碰到某个快速变化的词，为了表现变化速度，就必须找出更多的引语。

最后，默里给词写出简明、博学、准确并亲切优雅的定义（牛津大词典以此闻名），把完成的词条送到出版社。词条用老式字体或克拉伦登字体（或用希腊文、其他外国文、盎格鲁─撒克逊字体、古英语字体）排出，印成清样，送回"缮写室"审校。然后，把词条装成版面，送到沃尔顿后街石印厂的大印刷机上印刷成页。

默里不是爱抱怨的人，但他在信件谈到了工作中的大量困难。这个艰难的任务既是他自己确定的，也是牛津大学出版社确定的。出版社为了能得到投资的回报，希望每年能印出词典的两个分册，即六百页成品。默里试图每天编出三十三个词，但是，"往往一个词，例如 approve，就占用了一天中四分之三的时间。"

关于工作遇到的种种磨难，默里作为语文学会的主席，向语文学会发表讲话时有所提及，另外，他刊登在一八八四年三月《雅典娜神殿》杂志上的一篇文章中也谈到过。而这篇文章使他和威廉·迈纳开始了真正的来往。默里说，他的困难就像"在从未经过砍伐的原始丛林中摸索前进"。

只有亲身试过的人才能体会其中的困惑：主编或助理编辑把类似 above 这样的词的引语分为二十、三十或四十组，给每组都下一个初步的定义；他把这些纸条都摊在桌上或地板上，以便对整体进行全面考查；一个小时又一个小时过去了，他把许多组纸条像棋盘上的棋子一样移来移去，企图从片断的、不完整的历史证据中找出合乎逻辑的发展顺序来。有时，这种探索似乎毫无成功的希望，例如最近 art 这个词就使我困惑了好几天。我总得做出点事情，于是进行了一些安排，送去付印了。然而样张送来后，我重新思考这个词，经过反复阅读和比较，最后全部推倒重来，版面改动了好几栏。

大概就在此时，当默里为 art 这个词伤透脑筋的时候，他的一位助理（也许就是默里本人）给布罗德莫写了一封正式的求援信。他们请求迈纳医生寻找能够表现 art 各种词义的引语，以及比现有引语更早的引语。现在已经发现了 art 这个名词的十六种不同词义，或许迈纳还能找出更多的词义或作出更多的阐释呢。如果是这样，那就请他（或任何别人）赶快把材料用快件寄到牛津来。

关于这个词，各地的志愿阅读者寄来了十八封信。其中的一封来自布罗德莫，无疑是内容最丰富的。

其他的阅读者只提供了一两句引语，相比之下，这位默默无闻的迈纳医生却寄来了足足二十七条。令牛津的助理主编们感到吃惊的是：他不仅认真细致，而且知识渊博，能在研究中汲取出深刻的结果。词典编辑部找到一位难得的人才了。

应当说，迈纳为这个词找出的引语大多数来自一部相当常见的书：约书亚·雷诺兹爵士著名的《演讲录》，该书写于一七六九年，即作者担任皇家艺术学院院长的次年。然而，这些引语对词典编者有着极大的价值。今天，我们知道威廉·切斯特·迈纳给词典提供的第一条被采用的引语就在这里，仿佛是他开始工作的一个沉默的纪念碑。

那是 The Arts 一项下的第二条引语，读起来很简单：" 1769 Reynolds，Sir J. *Disc*. I Wks. 1870 306 There is a general desire among our Nobility to be distinguished as lovers and judges of the Arts. （我们的贵族普遍希望作为艺术的爱好者和评判者而著称于世。）"

不知不觉地，约书亚爵士的语录给默里博士和迈纳医生的关系提供了一个起点。他们两人的关系，包含着崇高的学术追求、强烈的悲剧感、维多利亚时代的含蓄、深沉的感谢、相互的尊重，以及慢慢成熟的友好。这种友好在广义上也可以称为友情。不管叫什么，这种联系一直延续了三十年，直到死亡将其结束。迈纳医生以雷诺兹《演讲录》起始的词典工作继续了二十年。但是比单纯对词语的爱好更强的一种联系已经建立起来了，它使这两位大不相同的老人又亲密联络了十年。

然而他们在七年后才第一次见面。在这一时期，迈纳以惊人的速度寄出词典引语，每周超过一百条，每天大约二十条，全都抄写得整洁清楚。他总是写信给默里，语气相当郑重，所谈的问题极少超出他自己规定的范围。

现存的第一封信写于一八八六年十月，主要是关于农业的一些词语。也许迈纳医生在书桌上伏案工作累了，站起来伸个懒腰，惆怅地看着窗外农夫在山谷里干活的景象，看他们把秋天的草堆成垛，或在大橡树下喝着苹果汁。他在信中提到正在阅读一本书，名叫

"农庄"，作者杰维斯·马卡姆，出版于一六一六年。书中出现了作动词用的 bell，意思是蛇麻子在八月末的成熟期间长成了钟的形状。Blight 和 blast 也引起了他的注意。还有 heckling 这个词，在农业上的原义是把亚麻秆彼此分开，后来才发展出政治上常用的意思，即反复盘问，使某个人的论点能经得起认真的考查。这就像亚麻秆被分开后能够直立起来一样。

他也喜欢 buckwheat（荞麦）这个词，它的法文是 blé noir，能做出"ointment of buck-wheat"（荞麦软膏）这种好东西。他有时会像十几岁的孩子一样兴奋起来，开玩笑地写上一个十分有趣的词 horsebread（马儿的面包，指喂马的饲料如荞麦等），作为额外的礼物，还说："如果你需要的话，我还可以再给你一些。"在他签名结束这封信的时候，似乎盼望着外面伟大世界的伟大人物能够给予回音："我相信同样的东西会对您有用处。W. C.迈纳，写于伯克郡，克罗索恩，布罗德莫。"

这封信以及其他现存信件的语气，似乎介于清高和谄媚之间——一方面是慎重自持，另一方面又有点奉承迎合的味道。迈纳非常急切地想知道他有没有用处，他希望获得一种参与感。他需要有人赞扬他，但又知道不能强求。他需要体面，需要医院的人知道他与众不同，是个特殊的人物。

默里虽然不知道来信人的性格和境况，以为他是一个有着大量闲暇并爱好文学的开业医生，但是，也从信中的恳求语气里感觉到一点东西。比如说，他注意到迈纳喜欢参与正在编纂的词的工作，像开始的 art 以及后来的 blast 和 buckwheat 等，都是正在编入分册各页各章，不久就将出版的。他和其他阅读者不一样，对许多年后才出版的那些分册和字母不感兴趣。默里后来写道，他觉得迈纳需要一种参与感，需要给人一种印象，似乎他本人也是编辑团队中的一员，是紧密配合着"缮写室"的编者开展工作的。

迈纳的住处毕竟离牛津不远，也许他幻想着自己是在牛津大学的某个偏远的学院——比如圣凯瑟琳学院或曼斯菲尔德讲堂；而他的病房（默里心中安逸而丰富的书斋）则是"缮写室"在乡村设立的某个分部，是学术创造和词汇探索的自在小天地。如果有谁进一步思考一下，也许真会觉得默里和迈纳两个人的处境奇怪地相似：他们都同样被禁锢在一层又一层的书架中间，专心致志地追求最深奥的学问，都同样靠信函与外界来往，湮没在纸张与墨水的暴风雨之中。

然而区别在于：威廉·迈纳的疯病仍旧非常严重，无法挽救。布罗德莫的护理员们在十九世纪八十年代初期曾见到他的病况有些好转，那正是他首次响应词典编辑部从米尔希尔发出的呼吁的时候。但是，随着岁月的流逝，迈纳在一八八四年六月孤独而沉闷地度过了五十岁生日后，便旧病复发了，而且愈来愈猛烈沉重。在他五十岁生日的前一个月，他年迈的继母在从锡兰回美国的途中，曾到布罗德莫来探望过他。老太太自从丈夫死后就始终住在锡兰。

他在次年九月初写信给布罗德莫的院长说："奥兰治医生：我的

书籍不断地被人损坏。我非常肯定，在我之外还有别人能够接触这些书，并且破坏它们。"

他写字的笔迹摇摇晃晃，很不稳定。他说前天凌晨三点听见房门被打开了。"您可以核实，开门的声音是毫无疑问的。关门的声音也确实出现过，看不见但听得清清楚楚。"他警告说，如果想不出别的办法，"我只好把我的书寄到伦敦去卖掉了。"幸亏这次发脾气没有维持多久，如果愈来愈糟的话，大词典的工作就要失去一位最亲密最宝贵的朋友了。

一个月之后，新的妄想又支配了他。

奥兰治医生：让我提出一个事实，它与我一贯的假想相符。在美国曾发生过许多次火灾，都是从天花板和楼上地板的空隙开始燃烧的，这事很难解释。保险公司拒绝为工厂的大建筑上保险，因为这些建筑的地板下面是空的，他们要求地板下有实物填满。人们注意到这种现象已经有十年了，但是没有人能够解释原因。

只有迈纳医生能解释：原来是魔鬼爬进了地板与天花板之间的空隙，在里面兴风作浪——在布罗德莫也是这样。他们在夜里爬出来折磨可怜的医生，在书上乱画，偷走了笛子，残酷地折磨他。他说，医生必须把地板下面填满，不然的话，保险公司不会给房屋上火灾保险，夜间的乱子也少不了。

每天这种自说自话的疯狂而沮丧的报告继续不断。四个蛋糕被偷走了；他的笛子不见了；书本全都画上记号了；他自己被护理员詹姆斯和安尼特抓住四肢，面孔朝下，在楼道里抬来抬去。有一把另配的钥匙，村子里的人晚上用它打开他的房间，进来糟蹋他的东西，还欺负他。迈纳医生经常只穿一件衬衫和一条内裤，脚上穿着袜子和拖鞋，抱怨有人把小木片塞进了他的门锁，用电刺激他的全身，"一群杀人的家伙"在夜间毒打他，使他左半边身子剧痛不已。流氓进了他的屋，护理员科尔斯早晨六点钟进来"占有了我的身体"。有一天早晨他只穿一条内裤高声叫喊："一个没有科尔斯就睡不着觉的家伙闯进来了，太下贱了。"又和从前一样说："他把我当男妓。"

一边发疯，一边还不断编词。他很喜欢印度英语中的词汇，这与他的出生地有关。其中有 bhang、brinjal、catamaran、cholera、chunnam、cutcherry。他喜欢 brick-tea 这个词。十九世纪九十年代中期，他非常积极地参与 D 字母的编纂工作，其中有起源于印度语的 dubash、dubba、dhobi 等词；同时，他对于词典的核心词也很感兴趣。至今牛津大词典的档案中，还有他寄来的这些词的引语，像 delicately、directly、dirt、disquiet、drink、duty、dye 等等。他经常能提供某个词最早被使用时的引语——这总是值得庆祝的好事。dirt 这个词表示"泥土"的词义，他就从一六九八年约翰·弗赖尔的《东印度和波斯新述》一书中找出了引语。他又从博斯克的早期作品中为 magnificence、model、reminiscence 和 spalt 等词的词义提供了理想的材料。

牛津的词典编者注意到，在迈纳发狂似的工作速度中，有一个小小的奇怪的间歇期。每当盛夏，材料便寄得少一些。他们也许天真地认为，迈纳医生喜欢在户外度过暖和的日子，读书便少了，这样解释似乎也合理。但是秋天一到，天黑得早了，他又重新开始奋力工作。他不断地焦急询问工作的进展，对于所有的请求都立刻答复，引语的纸条如雪片飞来，往往超过了实际的需要。

默里都感到不好意思了，他对另一位编者写道："我觉得迈纳医生寄来的材料有一半便差不多了，可是只有在正式着手编某个词的时候，我们才知道哪些材料有用，哪些没有用。"

因为他的工作方法和别人完全不同，所以很难进行数量上的对比，把他贡献的词条引语和别的志愿阅读者的贡献相比较。也许，在全部工程中，他寄出了一万多张纸条，这个数目似乎不算很大。但是他提供的材料几乎条条都有用，是根据需要寄出的，所以他的贡献应当说比每年投出一万条的其他志愿阅读者还要大。

牛津的编辑团队对他深表感谢。工程启动整整九年之后，一八八八年出版了包括 A-B 字母的词典第一卷。这第一卷的前言中有一行提到了他，这一行字使他无比自豪，其效果和满满一页的感谢文章也相差无几了。而且，碰巧得很，文字的措词也很慎重，对他的奇怪处境没有任何暗示：它只是简单优雅地提到"克罗索恩的 W.C.迈纳医生"。

他们虽然很感激，但是随着时间的推移，心中的谜团也越来越大。默里是他们中间最感到迷惑的。

这个聪明而严格的怪人到底是谁呢？默里设法打听，但是没有结果。克罗索恩距离牛津还不到四十英里，沿大西铁路经过里丁只需一小时即可到达。为什么像迈纳这样精力充沛的杰出人士，比邻而居却永远不露面呢？一位具有词典编纂学修养的人，有许多闲暇和精力，住得这样近，为词典的殿堂贡献了成千上万条引语，却从来不想到这个殿堂来看一下，这到底是怎么回事？他有病吗？残疾了吗？害怕吗？他惧怕与牛津的大人物为伍吗？

　　回答也来得很奇怪。是一位路过的图书馆学家告诉默里博士的。一八八九年他到"缮写室"来谈一些正经事，涉及词典编纂学的整个领域，言谈之中偶然提到了住在克罗索恩的那位医生。

　　这位学者说，詹姆斯·默里对他真不错。"您对可怜的迈纳医生实在太好了。"

　　这话引得大家一愣。"缮写室"里的助理主编和秘书们听到这段谈话时，都停下了手头的工作。他们全都抬起头来看着主编和客人。

　　"可怜的迈纳医生？"默里问道，他和所有在场注意倾听的人一样疑惑不解，"你这话到底是什么意思？"

‖ **Dénouement** (denū·maṅ). [法语 dénouement, dénoûment, 原 为 desnouement, 来自 dénouer, desnouer, 古法语为 desnoer 解开 = 普罗旺斯语 denozar, 意大利语 disnodare, 皆为拉丁语的罗曼语系变体, 拉丁语 dis- + nodāre 打结, nodus 结]

解开, 解决; 尤指戏剧或小说复杂情节的终结; 结局; 转义为某个复杂、困难或神秘问题的最终解决。

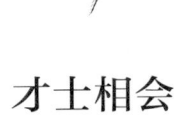

才士相会

直到今天，关于威廉·切斯特·迈纳之谜的文学虚构故事仍然是从下面的问题说起的：为什么他没有参加在牛津举行的盛大的词典宴会？这辉煌的宴会在一八九七年十月十二日（星期二）晚上举行，他也在被邀请之列。

那一年是维多利亚女王登基五十周年。与《牛津英语词典》有关的众多人士喜气洋洋，要举办庆祝宴会。这时词典终于走上了正轨。早年举步维艰的局面已变为一帆风顺——Anta-Battening 分册已于一八八五年出版，Battentlie-Bozzom 分册在一八八七年，Bra-Byzen 分册在一八八八年先后问世。新的效率已经在"缮写室"开花结果。为了给登基加冕纪念增加光彩，1896 年维多利亚女王"恩准"（这是宫廷爱用的语言）将刚刚编完的词典第三卷作为对她的献礼。这第三卷包括了 C 字母开头的全部单词，工程的艰难令人生畏，词典编纂学家们认为其中充满了复杂和含义暧昧的词汇，还经常和 G、K、S 等字母的词发生重叠。

于是，词典突然获得了辉煌而永久的光彩。现在谁也不怀疑它能否最终完成了——既然有了王室的赞助，谁还敢把它取消呢？牛津大学高兴地明白了这个道理。随着女王的垂范，他们也要兴高采烈地庆祝。詹姆斯·默里应该受到荣誉和感谢。谁最适合把荣誉授予他呢？当然是这位伟人自愿选择的大学。

新任的大学副校长决定，要为默里举行盛大的宴会。用词典引自一八二三年的俗语来说，宴会应当是"slap-up"（顶呱呱、响当当的）。它将在女王学院的大厅里举行，按照古老的传统，由一位学者吹银号把客人引进宴会厅开始晚宴。在当天的新闻中，《泰晤士报》说，这次活动为的是"自印刷术发明以来，任何一所大学、任何一家出版社都不曾承办过的最伟大的工程……牛津大学能完成这个艰巨的任务，是无上的光荣"。这次晚宴的确是值得纪念的一件大事。

华美的长桌上陈列着鲜花以及最讲究的银质水晶器皿，都是从女王学院的地下室里翻拣出来的。菜单上有许多地道的英国美味——甲鱼清汤、龙虾汁大菱鲆、羊腰肉、烤山鹑、麦布女王布丁、草莓冰淇淋等。但是，和词典里掺和着外来的法语词一样，菜单上也有不多不少的法国佳肴：维洛埃式的甜面包、鹿肉、奶酪烤蛋等。美酒应有尽有：一八五八年份的白葡萄雪利酒，一八八二年份的意大利樱桃酒，陈年的法国伊昆庄园酒，一八八九年份的德国普冯斯特香槟，等等。来宾穿学士长袍，打白色领带，佩戴勋章。在感谢女王恩典并庆贺女王临朝五十年的"效忠祝酒"之后，大家便一面抽着雪茄，一面听演讲。

客人想必是抽足了雪茄烟，因为席间讲话足足有十四个之多。

詹姆斯·默里讲的是编词典的整个历程；牛津大学出版社委员会主席大谈编词典是对国民的巨大责任；而一向活泼逗乐的弗雷德里克·弗尼瓦尔则发表看法，认为牛津大学不收女生太不近人情。这位大人物到牛津来，还抽时间找当地 ABC 茶馆的健美女郎一起搞划船运动。

学术界的精英人物纷至沓来：大词典的编辑、牛津大学出版社的委员、印刷业主、语文学会的会员，以及若干位最勤奋活跃的志愿阅读者。

应邀出席的志愿阅读者有：惠灵顿的 F. T. 埃尔沃西先生，靠近赛伦塞斯特的弗瑟巴顿的 J. E. A. 布朗小姐；普特尼的 W. E. 史密斯牧师；奥尔德纳姆勋爵（词典界的朋友称他为 H. 赫克斯·吉布斯先生）；拉塞尔·马蒂诺先生；法国人 F. J. 阿穆尔先生，对 D 字母贡献最多的两位小姐，赖盖特的伊迪丝·汤普森和 E. 佩罗内特·汤普逊。这份名单很长，他们的贡献令人肃然起敬，他们的名字如雷贯耳。宴会上的客人们酒足饭饱之后，听到这些名字，都顿时沉默下来，这种沉默与欢呼有同等意义。

碰巧，那天晚上对志愿者最高的称誉给予了两个有许多共同点的人。两人都是美国人，都是军人，都在印度生活过，精神都不正常。两人都被邀请，但都没有出席牛津的宴会。

第一位是菲茨爱德华·霍尔博士，纽约州特洛伊市人。他的经历十分奇特。一八四八年他正要去哈佛大学读书的时候，他的家庭要求他乘船去印度加尔各答，去追寻一个行为不检点的哥哥。他的船在孟加拉湾遇险，他却活了下来。他对梵文产生了浓厚兴趣，并开始深入研究，最后获得了瓦拉纳西（恒河流域的圣城，当时名为贝纳勒斯）市立大学梵文教授的职位。他参加了英军平定一八五七年印度士兵起义的战斗，当过步兵。一八六〇年他离开印度，担任伦敦国王学院的梵文教授以及英国印度事务局的图书馆馆长。

后来，他的生活陡然发生变化，脱离了常轨。谁也不清楚确切的原因，只知道他和一位名叫西奥多·戈尔德施蒂克的同事，奥地利籍梵文学者，发生了激烈的争执。语言学家和语文学者之间关系多变，且彼此都怀恨在心是出了名的，但是这次争执十分严重，竟导致他脱离了印度事务局，被语文学会停止了会籍，最终离开伦敦住在萨福克郡的一个小村里。

人们说他是个醉鬼、外国间谍，在学术上造假，并且道德堕落不可救药。他则指责所有英国人有意和他过不去，毁了他的生活，赶走了他的妻子，对美国人"心怀敌意"，他在马尔斯福特村的一所农舍里过着几乎完全隐居的生活，偶尔才乘船回纽约一趟。

然而，他天天都给牛津的詹姆斯·默里写信，通信长达二十年之久。两人从未会面，但是霍尔毫无怨言地为词典收集引语纸条，回答疑难且提出建议；在最晦暗的日子里，他始终是词典的坚定伙伴。毫不奇怪，默里博士在词典的总序中写道："首先我们必须记下菲茨爱德华·霍尔博士无法估量的巨大协助。他的志愿劳动完成了无数个词、词义、成语在文学和文件中演变的历史。词典的每一页都有他的贡献。"

出席宴会的人们都明白他为什么不来，他们知道他是个很难相处的隐士。可是，没有人明白（这个故事就是如此说的）为什么第二位被提到的人也不来。默里在他那篇著名的序言中以同样高度的赞美来称颂他："W. C.迈纳医生不知疲倦地工作，每个星期都在词汇条目即将付印的时候提供许多引语。"默里稍后又写道："我们每星期都收到迈纳医生的材料，在提高我们对各个词语、词组、结构发展历史的解说方面他的贡献极多，仅次于菲茨爱德华·霍尔博士。"

但是，大家很奇怪，迈纳医生在哪儿？他住在克罗索恩，如果乘金绿色相间的大西线蒸汽火车，只需六十分钟便可到达牛津了。他并不像霍尔博士那样是个声名狼藉、脾气乖张的厌世者。他的来信总是彬彬有礼、怀着热切的希望。那么，为什么他竟然不顾礼节、不来参加宴会呢？对于那个辉煌晚宴上的某些人来说，迈纳的缺席似乎是悲哀的缺憾，否则这光荣的时刻就更加美满了。

大众的传说是这样的：默里博士困惑不解，甚至有点生气了。博学多闻的他，这时引用了弗兰西斯·培根于一六二四年用英语翻译的伊斯兰教《圣训》先知语录："如果山不到穆罕默德这里来，那就叫穆罕默德到山那里去吧。"

据说，他很快给迈纳医生写了信，内容大体如下：

我们通过信函相识已经十七年了，但遗憾的是从未见过面。也许您不便出外旅行，也许由于费用太贵。虽然对我而言，放下"缮写室"的工作非常困难，哪怕只是一天，但是我早就想去看望您。我在此冒昧地提议，希望前去拜访您。如果方便，请您指定我去的时间和火车车次。如果对我合适，我就把到达的时间用电报通知您。

迈纳医生立刻回信，说他当然很高兴见到主编，还说很抱歉自己的身体状况（没有细说）不允许他到牛津去。他列出了火车时刻表上的好几趟车次。默里选中了十一月某个星期三的一趟火车，在雷丁换车之后，预计在正午刚过时到达惠灵顿学院车站。

他把详细的计划打电报通知克罗索恩。他骑上了为他忠实效力的亨伯牌黑色三轮脚踏车，一大把白胡子随着寒冷的微风飘散在肩上。他顺着班伯利路前行，经过兰道夫旅馆、阿什莫尔博物馆、沃斯特学院，到达牛津去伦敦的火车站月台。

旅程只花了一个小时多一点。到达克罗索恩之后，他惊异而高兴地发现有一辆四轮马车在等着他，马车夫穿着制服。他早就猜想迈纳是个有闲暇的文人，如今这种可能性更大了，他估计迈纳兴许还是个有钱人。

马儿在雾气浓重的小路上前进，蹄声得得不断。惠灵顿学院华美的校舍在远方遥遥可见，和克罗索恩村还隔着一段距离。村子里只有一些普通农舍，草坪上的树叶扫成小堆，正在冒烟燃烧。这是一个树木成荫、安静美丽的好地方，人们过着自给自足的生活。

走过几英里路之后，马车夫把马儿赶上一条大路，两边种着成排的杨树。马车爬上一个缓坡，朝一座小山走去。农舍渐渐看不见了，眼前是一片红色的砖房，气派有点严峻。马儿在一个庄严的大门前停下——大门两边各有一座塔楼，中间高悬着一只黑面大钟。一位仆人打开了涂着绿漆的两扇门。主编心中隐隐感到兴奋，这里想必是一座讲究的乡村宅邸，他将受到殷勤的接待，丰盛的下午茶正等着他，就像到了寇松侯爵的凯德尔斯顿府邸一样。

詹姆斯·默里摘下便帽，解开御寒的苏格兰厚呢斗篷。仆人没有说一句话，就把他引进屋内，走上一段大理石楼梯。他快步走进一个大房间，室内壁炉里燃着煤火，墙上挂着许多严肃的人像。一位气派不凡、略显肥胖的人坐在橡木大书桌后面。仆人后退几步，出门后把门关上了。

默里朝这个人走过去，他站了起来。默里僵硬地鞠了一躬，伸出了手。

"先生，我是伦敦语文学会的詹姆斯·默里博士，《牛津英语词典》的主编。"他的苏格兰腔抑扬顿挫，优雅悦耳。

"而您，想必就是威廉·迈纳医生吧。终于会面了，我为此深感荣幸。"

冷场了一会儿，那个人才回答：

"很抱歉，先生，我不敢当此荣幸。我是布罗德莫刑事精神病院的院长。迈纳医生是美国人，是这里住院时间最久的精神病人。他曾经杀过人，精神很不正常。"

院长接着讲述这个故事时，默里博士十分震惊，目瞪口呆，同时又充满着好奇的同情心。他请求带他去见迈纳医生。这两位学者通信多年，终于在这样奇怪的境况下见了面。这是一次十分难忘的会面。

上述初次会面的故事不过是有趣的想象和虚构而已。它的作者是个美国记者，名叫海登·丘奇，二十世纪前半叶大都住在伦敦。这故事在英国第一次出现，是登在一九一五年九月的《斯特兰德》杂志上。六个月后，经过扩充与修改，又一次登在相同的杂志上。

事实上，丘奇已经尝试过向美国读者讲述这个故事。那是一九一五年七月他匿名为华盛顿的《星期日星报》写的报道，故事耸人听闻。报纸的标题奇怪而繁复，这种标题方式现在已经不时兴了：

> 请读本页第一栏延伸至第八栏的故事：美国杀人犯帮忙编纂牛津词典。英语词典的神秘投稿人原来是个富有的美国外科医生，他因精神错乱杀了人而被关在布罗德莫刑事精神病院里。词典主编詹姆斯·默里爵士误以为他去访问一位同行学者，却来到了精神病院，听到了惊人的故事。故事从美国内战讲起，主人公是北方军队的外科医生。——富有的投稿人现在住在美国，这是他的一位朋友说的。

这一口气念不下来的长标题下边，讲了一个更长的故事。但是，由于作者不知道或不愿意提起迈纳的真名，故事读起来就有点可笑。

作者每一处都称主角为"布兰克医生"。于是，就出现了"您想必就是布兰克医生吧。我能见到您，深感荣幸"这一类的文字。

然而，故事在美国读者中颇受欢迎。他们过去也曾听到一些片断的传言——一位美国军官在伦敦因杀人而被捕，当时不可能不受注意；每一位到达伦敦的新任记者或新任外交官，都偶尔会把囚禁中的迈纳重新提起来，以示关心。但是，报道迈纳为词典工作却是第一次，在这一点，海登·丘奇确实出了独家新闻，也出了风头。各家通讯社将消息传扬开去，登在全球各地的报纸上，甚至远至中国的天津。

在伦敦，这个故事却不受欢迎。亨利·布拉德利此时已接替默里当了词典主编，词典也正式定名为"牛津英语词典"。布拉德利读了《斯特兰德》的故事很不高兴，写了一封怒气冲冲的信给《每日电讯报》，申诉该故事"多处失实"，"默里博士与迈纳医生初次见面的描写完全是一派幻想和虚构"。

海登·丘奇立刻写了一份信心十足的回答。《每日电讯报》乐于见到笔战，就高兴地刊登了。回答的驳斥很含糊，只提出"有一大批记者，其中有很卓越的记者"都肯定了故事的主要情节——但是并未指出这些记者的名字。他相当无力地辩解说："我有充足理由相信有关默里与迈纳会面的讲述是准确无误的。"

然而，丘奇回答中最奇怪的内容是它的后记："我刚与英国最出色的一位文学家交谈过，他认为这位美国人一生中最突出的特点，在我的文章中并未提到。"这一段话的意思让人难以猜透。

不管是否准确无误，海登·丘奇关于这次见面的讲述实在太动人了，人们都不会视而不见。它使人们暂时忘记了第一次世界大战。一九一五年是伊普尔战役和加里波利战役的那一年，是德国潜艇击沉客轮"路斯坦尼亚"的那一年。这时人们肯定愿意听到动人的故事，好把心思从阴暗的战争现实中引开。《宿尔美尔杂志》说："这个疯人院病房里的学者的故事太奇妙了，没有哪个传奇故事赶得上。"

实际上，此后所有关于牛津词典编纂的叙述都重复了丘奇的故事，只是重复的程度不同而已。K. M. 伊丽莎白·默里小姐于一九七七年出版了她祖父的传记，这本书写得很好，名不虚传。但她也毫无疑问地接受了丘奇的故事。乔纳森·格林于一九九六年出版了一本关于词典编纂学史的一般著作，也同样相信了丘奇的说法。只有牛津大学出版社的编辑伊丽莎白·诺尔斯不一样。她在九十年代初期对这个故事很感兴趣，但是保持着比较冷静客观的态度。然而，她也感到很困惑，因为找不到关于这次会面的确切无误的陈述。于是，虚构的传奇故事由于多年的流传而使人们愉快地信以为真了。

然而，真相大白之后，其动人之处也不比传奇故事差多少。真相来自默里一九〇二年的一封信，是写给波士顿的一位显赫的朋友弗朗西斯·布朗博士的。这封信保留在威廉·迈纳的一位仍然在世的亲戚的手中（这样的人已经很少了），从阁楼上的木箱子里被找了出来。这位亲戚是退休的商人，住在康涅狄格州河滨镇。当时人们写信有一种习惯，在寄出之前会抄一份底稿留下来，偶尔会省略一些内容或稍加整理。但这封信却是一封完整的原稿。

默里博士信中写道，他与迈纳的初次接触，是在他开始负责词典工作之后不久——也许在一八八〇年，或是在一八八一年。

"他是位很好的志愿阅读者，经常给我写信。"正如前面已说过的那样，默里以为他是个退休的医生，有许多闲暇的时间。

偶然间，我注意到他的地址：伯克郡，克罗索恩村，布罗德莫。那是一个很大的精神病医院。我便猜想他（也许）是那个机构的医生。

我们的通信内容完全集中在词典和有关的资料上。我对他的感情，完全是感谢他的巨大帮助，同时也有几分惊奇，因为他竟能读到很稀有、很贵重的古书。

这样过了许多年，直到有一天（一八八七年至一八九〇年之间），哈佛大学图书馆馆长、已故的贾斯汀·温莎先生来"缮写室"和我聊天，谈到许多事情。他偶然说道："你在词典序言中提到了可怜的迈纳医生，这使美国人很高兴。他的事情很令人伤心。"

"真的吗？"我惊奇地说，"是怎么回事？"

温莎先生同样感到惊奇，我和迈纳医生通信这么多年，竟从来不知道他的情况，也不曾起过一点疑心。于是他讲述了迈纳的故事，使我感叹不已。

贾斯汀·温莎是十九世纪美国图书馆界的大人物，也是重要的历史学家。他把迈纳的故事告诉了默里，而默里又转告了他在波士顿的朋友。有些事情讲错了，故事流传得久了总会如此——默里说迈纳上过哈佛大学（事实上是耶鲁大学），还说他发疯是因为看到两个人被军事法庭执行死刑（这大概是编造的）。默里接着说，迈纳开枪是在斯特兰大街——当时是伦敦一条时髦的大街，事实上是在伦敦边缘偏僻的兰贝斯沼地。但故事的基本情节讲得没错。然后，默里讲述了他自己的经历：

> 我当然深受故事的感动，然而既然迈纳医生一点也没有对我提起他的处境，我所能做的就只是继续和他通信，语气比过去更尊重、更温和，不要显露我已知道他的实情，以免我们的关系发生变化。
>
> 若干年前，一位美国人来访。他刚见过迈纳医生，发现他精神萎靡不振，因此劝我去看望他。我说我一直避免这样做，因为我没有理由猜想迈纳医生认为我已经知道了他的一切。
>
> 他说："毫无疑问，他早就认为你已经知道了。你若去看望他，那实在是做了件好事。"
>
> 我于是写信告诉迈纳医生，说某先生（我忘记他的名字了）告知我他欢迎我去访问。我还写信给当时的医院院长尼克尔森医生。他也热情邀请了我，派马车到火车站接送我，请我吃午饭，还请迈纳医生作陪。在席间我发现迈纳医生很受院长的孩子们的喜爱。

午饭前后，我和迈纳医生在他的房间（病室）里度过了好几个小时。我发现他的头脑和我一样清楚，至少我见到的是如此。他是一位很有修养的学者，艺术兴趣广泛，有着基督徒的良好性格，对于自己悲惨的遭遇已经听天由命，只是由于自己能发挥的作用受到限制而感到悲哀。

（大概是从院长那里）我得知，他把一大部分收入给了受害者的遗孀。这位妇人现在经常来看他。

尼克尔森医生对他的评价很好，给了他不少优待，经常让贵宾到他的房间来，看望他并参观他的藏书室。但接替他的现任院长却没有表现出这样的同情心。

这次会面是在一八九一年一月，比那些重复讲词典宴会故事的人所设想的要早六年。默里写信给尼克尔森请求会见迈纳，从信中我们可以感到他那孩子般的急切期待的心情。

能结识对词典有重大贡献的迈纳医生，并结识对他多方关照的您，将带给我极大的满足感。我大概会乘您指定的火车（从雷丁来的第十二次车）前往。但是我顾不上查火车时刻表，只好请我的妻子代劳。这一类的事我都自动交给她，她告诉我火车几点开，我乘几次车，还会在动身前五分钟到缮写室来通知我准备好。我就感激地一切照办，工作到动身"前五分钟"为止。

现在非常清楚了，从那一天起，两个人便见面相识了，而且在此后定期相见，达二十年之久。第一次午餐会面开始了长久而坚固的友谊。这份友谊建筑在互相谨慎尊重的基础上，尤其是建筑在对词语共同的热爱的基础上。

两个人第一次见面时，双方一定都会感到奇怪，因为他们的外貌出奇地相似。两人都是高个子，瘦身材，秃脑门。都有一双深陷的眼睛，都不戴眼镜（虽然迈纳是高度近视）。迈纳医生的鼻子有点钩，默里博士的鼻子则更细更钩。迈纳有一种长者的和蔼气度，默里也是如此，但带着几分严肃，表现出低地苏格兰人与康涅狄格州的扬基佬的区别。

最明显的相似处则是胡子——都是又白又长，末端分开，像漂亮的燕尾；嘴上的髭须和鬓边的侧须都很厚重。两个人都像通俗画里的时间老人。牛津的小孩子看见默里骑三轮车经过，都会朝他高喊："圣诞老人！"

当然，迈纳医生的胡子显得比较蓬松零乱，因为布罗德莫医院修剪和梳洗的条件不如外边那样讲究。默里的胡子则经过精细梳理，常用香皂洗，看上去一点食物的残渣也留不下。迈纳的胡子比较普通，而默里的胡子则称得上时髦了。但两者都很华美丰满。两个人相似之处那么多，如果面对面猛然一看，双方也许会觉得是在照镜子，而不是会见另一个人。

此后的几年里，两个人见了十多次面。他们都喜欢对方，相处融洽。对迈纳来说，这种喜爱受情绪的支配。对默里来说，则是完全自觉而敏感的。他常在访问前打电报给尼克尔森了解迈纳的情况；如果迈纳情绪低落易怒，他就留在牛津不去，如果情绪低落但还能接受安慰，他就登上火车前往。

天气不好的时候，两个人就会坐在迈纳的房间里。房间虽小，陈设却实用齐全，颇像牛津大学的学生宿舍。默里当选牛津大学名誉研究员之后，在巴利奥尔也有一个类似的房间。迈纳的房间里摆满了敞开的书架；只有一个玻璃柜里装着十六、十七世纪的珍本书，许多《牛津英语词典》的词条便是从这些珍贵书籍中采录的。壁炉的煤火快乐地发出爆裂声。迈纳花钱雇用的一位病友把茶点送进室内来。这是尼克尔森院长和前任院长奥兰治给予迈纳这位特殊病人的优待。

其他的优待还有很多。他可以从伦敦、纽约、波士顿的古旧书商那里订购书籍。他可以和任何人通信，不受检查。他多少可以自由接见来访者——他不无得意地告诉默里，被他杀害者的遗孀伊丽莎·梅里特常来看他。她并非没有魅力，他说，只是大家认为她为了借酒浇愁而喝得太多了。

他订阅了一批杂志，有时和默里在一块儿互相朗读。《旁观者》是他喜欢的一种，还有《观点》，是他的亲戚从康涅狄格州邮寄来的。他阅读《雅典娜神殿》，还有牛津出版的《记录与询问》，内容也很精彩。这本杂志至今仍旧刊登全世界文学界的难解之谜，来征求解答。《牛津英语词典》编辑部也在上面刊登有关词语的难题，征求答案。在默里访问克罗索恩之前，迈纳主要靠这本杂志了解《牛津英语词典》的编者们正忙于编纂哪些词语的条目。

他们谈论的主要内容是词语——经常是某个特殊的词，有时也讨论方言以及发音差别等一般性的词汇学问题。虽然如此，他们肯定也笼统地谈起过迈纳医生的病。默里一定会注意到，迈纳房间的地板上铺了一层锌板——"防止有人晚上穿过地板进入室内。"在两间房的门边各放了一碗水——"因为妖魔不敢跨过水来侵犯我。"

默里也会知道，迈纳害怕在夜间被抓到"邪恶的洞穴"里干"狂野的坏事"，黎明时才被送回房间来。飞机发明之后，也被迈纳纳入了自己的幻想。他是美国人，美国莱特兄弟在基蒂霍克第一次飞行之后，他便密切注意有关的最新进展。在幻觉中，他被闯入者放进一架飞机，带到君士坦丁堡的妓院，被迫与下贱的女人以及小女孩做出可怕的淫荡的行为。默里听到这些讲述时尽量回避，不作出反应。他觉得自己无权对这位老人作出任何判断，只能悲哀地同情他。再说，他还要努力完成词典编纂工作呢。

天气好的时候，两人就一同在"高地"上散步，那是医院南墙内一条宽阔的石子路，两旁笼罩着高大的老冷杉、南洋杉和智利南美杉。路边是绿草坪，灌木丛中开放着水仙和郁金香。有些病人偶尔会在草坪上踢球、散步，或坐在木长椅上凝视天空。护理员们则待在树荫里，留心病人们不要闹出什么乱子。

默里和迈纳背着手，迈着相似的步子，沿着这三百多码的"高地"慢慢地走来走去。他们总是走在十七英尺的高墙或冷峻的红色砖房的影子里。看上去他们总是神采奕奕，专心谈论着什么问题，手中还拿着报纸或书。他们不和别人讲话，似乎活在另一个世界里。

有的时候，尼克尔森医生会邀请两人去喝下午茶。有一两次，艾达·默里夫人也到布罗德莫来了。她留在尼克尔森舒适的家中，让两个男人在病房里或在石子路上谈论书本上的事情。词典主编回家的时候到了，大家总会依依不舍。大门钥匙响了，然后门砰地关上，迈纳又是一个人了，被困在自己铸成的世界里。经过一两天静静的悲哀之后，他才能恢复过来，从书架上取出一本书，挑选一些字词和最优雅的引语，拿起笔蘸上墨水，再次写下："牛津，默里博士收"。

牛津的邮局熟悉默里的地址。给英国最大的词典编纂学家写信，上面那种写法就够了，肯定能送到"缮写室"交到他手上。

两人间的信件留下来的很少。有一封一八八八年写的长信，迈纳在其中写到了 chaloner 这个词的引语。这个词很生僻，指制作细毛织品斜纹里子布的人。在稍后的一封信里，他又对 gondola 这个词感兴趣，并找到了斯宾塞一五九〇年的一句引语。

默里经常谈起他的新朋友，在演讲中也提过他，谨慎地说到他的处境。例如，一八九七年他在语文学会一个词典晚会上的讲话提纲留了下来，其中写道："去年收到的一万五六千张引语纸条，一半是 W. C. 迈纳医生提供的。他的名字和悲惨故事我经常提及。迈纳医生阅读着五六十本书，多数是出版于十六、十七世纪的罕有书籍。他的工作总是正好赶在词典编辑的前面。"

两年后，默里对他的赞誉就更高了：

布罗德莫的 W. C. 迈纳医生当然高居首位。两年来他总共寄来了足足一万两千条引语 [作者按：原文如此]。这些引语差不多都是我和布拉德利先生正好需要的。迈纳医生每个月都想知道，我们这个月正编纂哪些词的材料，然后他就尽全力供给我们这些词的引语。他就是这样密切地参与着词典的编纂工作。

迈纳医生在过去十七八年中的贡献真是太大了。单靠他提供的引语，我们便能够阐述词语在近四百年间的发展。（加重语气）

然而，迈纳全力以赴的工作，使他的身心都承受着巨大负担。一八九五年他的好友尼克尔森医生退休了。六年前一个精神病人把砖头藏在袜子里猛击尼克尔森的头，他受伤后一直没能恢复。内政部认为精神病院应当管理得更严格，便挑选了布雷恩医生来继任。

布雷恩医生是个严格执行纪律的人，一个老式的监狱管理人。他如果在塔斯马尼亚或诺福克岛的监狱农场工作，一定会成绩斐然。然而他正是政府需要的人。在他任医院院长期间，没有发生一起病人逃跑成功的事件（这类事过去发生过几起，引起过广泛的惊恐不安）。他上任的第一年，便对躁动不安的病人实施了多次单独囚禁，总计达二十万小时。病人既怕他，又厌恶他。默里博士也是如此，因为他对迈纳的态度太冷酷无情。

迈纳还是疯狂叫喊。他抱怨袜子的后跟穿了一个洞，显然是因为夜间他被迫穿上了别人的鞋子磨出来的（一八九六年十一月）。他又怀疑自己的各种酒被别人弄乱了（一八九六年十二月）。

同年，从美国传来了一个奇怪的信息片断，一封信简短说到迈纳家族中近来有两个人自杀了，写信人提醒布罗德莫的医生们，迈纳的病也许带有遗传性质，对他要多加注意。但是，即使医生们承认迈纳有自杀的危险，也并没有因此而给他什么限制。

几年前，他申请了一把小刀，用来裁开订购的初版新书。并没有迹象表明这把小刀已经被收回了，即使在布雷恩博士的严厉统治下也没有。别的病人是不允许保存刀具的。威廉·迈纳则和他们都不同，享有两间病房，许多瓶酒，许多书，一位兼差的仆人，属于那个时期布罗德莫的特殊类别。

在他亲戚自杀的消息被透露的第二年，病历档案中说迈纳不论天气好坏都坚持在"高地"上散步。有一天风雪交加，有人劝他回屋里来，他却愤怒地回答，就算他愿意受凉感冒，也不关他们的事。他比别的病人确实享有更多的自由。

但是这些优待并没有改变他的坏脾气。一八九九年，有几个原来在军队中的老朋友到伦敦来，想到布罗德莫看他。可这位老先生却拒绝会见任何人，声称他记不得有这些朋友了，不想受到打扰。他曾正式申请能到医院附近的地方去短期活动，用了一个罕见的字眼——"freedom of the vicinage"，后一个词的意思和"the vicinity"（附近的地方）是相同的。

尽管措辞文雅，他的申请仍旧被坚决拒绝了。"他的心理仍旧不健全，我不能建议您同意他的请求。"院长对内政大臣写道。（这是迈纳档案中第一份用打字机打出的文件，由此可见外面的世界正在迅速变化，而病人仍处在可悲的停滞状态中。）内政大臣随即驳回了迈纳的申请。文件上还有布雷恩医生的简短批语："已通知病人，一八九九年十二月十二日。RB"

档案中他的食谱表明他胃口不佳，饮食不正常：大量的稀粥，西米布丁，每星期二吃蛋奶软冻，偶尔才吃点肉和火腿。他显得日益烦闷、忧愁、无精打采。护理人员的笔记总是记着："他看上去烦躁不安。"一九〇一年夏天，默里来看望他，使他振作了一阵子，但是后来不久，词典的编辑们便感到这位最积极最长久的志愿阅读者发生了令人失望的变化。

默里写信给一位朋友说："我注意到，他没有寄来任何 Q 字母的引语。"

数月以来，他一直很松懈，我几乎没有收到他的信。他在夏天工作不多，因为他总是在室外的花园或空地上消磨时间。今年的情况更差了。我早就感到必须花一天工夫再次去看望他，重新启动他的兴趣。

在孤独郁闷的境况中，他需要大量的照料、鼓励和劝诱，我不得不经常去看他。

一个月之后，事情仍旧没有好转。默里又一次写到他的情况——这时他已经"生气了"，"拒绝"任何需要他做的工作。他写过一点关于 hump 这个词的来历的文字，除此之外，就一直保持着愠怒的沉默。这正好是维多利亚女王逝世的时候。

一九〇二年三月，另一位军队里的老朋友从柴郡诺思维齐市写信给布雷恩院长，询问能否让他去见迈纳。他在信中失望地讲述迈纳亲自写信拒绝他去探望，理由是"现在一切都变了，也许我会感到难过"。写信人请求院长给他出主意，还说："我可不愿意让我的妻子碰到不愉快的事。"

布雷恩回信表示赞同："我想你还是不来更好些……目前还看不出他对别人有什么危险，但是老年的衰弱已经充分显露……他的生命已经摇曳不定了。"

大约在这个时候，有人第一次提出，也许还是让迈纳医生回到美国为好。他已年老体衰，应该让他靠近家庭度过残年。

迈纳在布罗德莫医院已经三十年了，时间之久已经远远超过任何人。他的精神完全靠读书来支持。忧郁包围了他。他想念同情他的尼克尔森院长，对于布雷恩院长无情的统治感到困惑。在二号楼病房中，曾经有一位艺术家病友理查德·达德，是唯一能与他进行智力交流的。这位达德由于刺死了自己的父亲而被送进了精神病院，现在也去世多年了。迈纳的继母朱迪丝，曾在一八八五年从印度回国的途中来看望他，已于一九〇〇年在纽黑文去世。岁月已经使这位老人的亲近者零落殆尽。

连菲茨爱德华·霍尔老先生也死了，那是在一九〇一年。迈纳闻讯写了一封饱含无尽哀思的信给默里。除了悼念之外，他还请求词典主编让他继续寻找 K 和 O 的引语——美国同行逝世的消息似乎又稍稍激起了他工作的兴趣。但也就是那么一点。他非常孤独，健康愈来愈糟。他已经没有能力损害任何人。他六十六岁已显得很衰老，这是他所处环境的沉重影响造成的。

默里曾写信给波士顿著名的弗朗西斯·布朗医生，详细讲述了他与迈纳第一次见面的情景。就是这位弗朗西斯·布朗医生觉得他应该为迈纳出点力。他分别写信给华盛顿的陆军部和美国驻伦敦大使馆，又在三月给布罗德莫医院的布雷恩院长写信，建议请求英国内政部释放迈纳回美国，交给他的家人照管。"他的家庭一定会因为他回到故乡度过余年而高兴万分。"

但是毫无怜悯心的布雷恩院长不为所动，没有向英国内政部提出申请。美国陆军部和驻伦敦使馆也不管这事。于是，这位老人只能继续待下去，偶尔从牛津的来信中得到一点鼓舞，脾气愈来愈坏，心情愈加忧郁、低沉。

这样下去显然会爆发事故，事故果然就爆发了。海登·丘奇把事情夸大为"美国历史上最突出的怪事"。没有人察觉到任何征兆，事情就在一九〇二年十二月初一个寒冷的早晨发生了。

Masturbate (mæ·stɔɹbeˈt), *v.* [源自拉丁语 masturbāt-，为 masturbārī 的词干，来历不详：据 Brugmann 对 *mastiturbārī 的解释，源自 *mazdo- (比较希腊语 μέξεα 复数）男性器官 + turba 失常。据古老的推测，该词源自 manu-s 手 + stuprāre 污损；由此演变为词形 Mᴀɴᴜsᴛᴜᴘʀᴀᴛɪᴏɴ, Mᴀsᴛᴜᴘʀᴀᴛᴇ, -ᴀᴛɪᴏɴ，为某些英语作家所使用。] *intr.* 和 *refl.* 手淫。

狠心的一割

上午十点五十五分，迈纳医生来到锁住的底层门口大喊："你们赶快把医生请来！我把自己弄伤了！"

这几行字是用铅笔写的，没有署名，混杂在许多描述布罗德莫医院七百四十二号病人生活细节的记录里。威廉·迈纳此时的生活几乎已经与世隔绝，他的日常情况——访客日益稀少，身体日益虚弱，时而大发脾气，经常出现幻觉，以及每日的食谱等，都是用墨水笔以清晰平稳的字体记载下来的。只有这一张写于十二月三日的记录大不相同，它是用粗铅笔写的，笔迹非常匆忙潦草——写字的人似乎处于惊慌失措之中。

记录人是二号楼的护理长科尔曼先生，他惊慌是有理由的：

我叫护理员哈特菲尔德去请医生，自己上楼去看能不能对迈纳医生有所帮助。他告诉我，他已经把自己的阴茎割断了。他说已经用细绳系住止了血。我看了他的伤口。

贝克医生和努特医生检查了他的情况，然后在十一点三十分把他移送到三号楼的医务室。

　　他早餐之前曾照常散步。照常吃了早餐。我九点五十分在三病室与他聊了一会儿，当时他的表现也和平常一样。

但事实上他并非"和平常一样"，在他的妄想狂日趋严重的情况下，这种说法怎样解释也是讲不通的。他的自残行为有可能是对某个非常事件的非常反应。虽然有这种可能，但是现在却找不到证据。看起来威廉·迈纳已经计划了很久，不说有几个月，至少也有好几天了。割掉阴茎在他看来是一种必需的赎罪行为。这是他的宗教意识重新觉醒的结果。他的医生认为，在两年前这种宗教觉醒就开始了——即在十九世纪末，他被禁锢三十年之后。

迈纳是传教士的儿子，从小接受虔诚的公理会基督徒的教育。然而在耶鲁大学上学的时候，他基本上放弃了宗教信仰。到了他成为联邦军官时，他已经完全不信仰上帝，面无愧色地满足于别人称他为无神论者，并不感到羞耻。这也许是由于战场上的经历使他失望，也许由于他对有组织的宗教活动不感兴趣。

有一段时间，他热心阅读托马斯·赫胥黎的著作——赫胥黎是维多利亚时代伟大的生物学家和哲学家，是他创造了 agnostic（不可知论者）这个词。迈纳本人对宗教的态度则更加消极：既然自然规律能够圆满地解释所有自然现象，他就找不到任何存在一个上帝的逻辑上的需要了。

然而，在精神病院多年之后，这种与宗教对立的情绪慢慢变化了。

到一八九八年左右，关于上帝不存在的绝对态度已经动摇了——也许这是由于詹姆斯·默里经常来看望他的缘故。默里是虔诚的基督徒，而迈纳又强烈持久地仰慕默里。默里完全有可能与他谈论过：承认并接受上帝，他就能获得安慰。默里也许在无意中触动了迈纳，使他的宗教热情不断增强。

到新世纪来临时，迈纳已经转变了：他告诉来访者，并正式通知布罗德莫医院院长，他已经是有神论者——也就是说，他承认了某个上帝的存在，但是并未加入任何一种特定的宗教。这是重要的一步，然而在某种意义上，这又是悲剧的一步。

因为，随着他新信仰的建立，迈纳相信有一个全知全能、对罪恶永不宽恕的神，他便以这个神的严厉法规来裁判自己。他不再把自己的精神病看成可以治疗的不幸遭遇，相反，他把这种病，或病的某些方面，看成是一种罪孽和难以忍受的折磨，是必须经过惩罚才能清洗的罪过。他不再把自己看成可怜的病人，而把自己看成积恶成习的坏人。他染有很重的手淫恶习，如果不戒掉，上帝肯定要给他严厉的惩罚。

他强烈的性欲尤其使他感到悔恨。过去性行为的回忆，或半真半幻的回忆，不断困扰着他，驱之不散。他开始憎恨自己的生理反应，憎恨上天不适当地赐给了他性功能。他的病历档案中这样说：

> 他相信，有二十多年他全身充满了淫欲。在此期间，他与成千的裸女发生过关系，夜夜不断。夜间的放荡行为对他的体

力并未产生明显影响，但是他的性器官由于经常勃起而变得很大。他记得，一个法国女人见到它时说"好家伙"，另一个女人说他是"享乐主义的信徒"。性冒险和性幻想给他的快乐，世界上任何东西都比不上。

然而当他信奉基督教以后，他认为必须与淫欲一刀两断——于是，他决心用割掉阴茎的方式来解决这个问题。

切除阴茎的外科手术在任何情况下都是危险的，医生轻易不做这种手术。巴西有一种出名的小鱼，名叫 candiru，能够迎着游泳者的尿液游入尿道，形成若干倒刺，阻碍顺利排尿。在这种极罕见的情况下，医生才会施行阴茎切割手术。只有鲁莽而又绝望的人，才会对自己做这种手术，何况还是在没有消毒的环境中，使用的是一把削笔刀。

与布罗德莫的其他病人不同，迈纳医生享受着许多优待，其中一项便是院长允许他携带一把削笔刀。他要求有一把刀的理由，是可以用它裁开许多初版书籍的书页，但这样的情况并不很多。他把刀放在口袋里，就像医院外面的正常人一样。然而迈纳根本不是正常人，现在有一种不正常的冲动促使他用这把刀。

他疯狂地相信，是他的男性器官导致他做出了所有这些不体面的行为，支配了他的一生。他的性欲如果不是性器官所产生的，也是靠它来满足的。在他的妄想世界中，他认为除了切掉阴茎外没有别的选择。他是个医生，所以大体上懂得怎样着手做这件事。

于是，那个星期三的早晨，他在磨刀石上磨利了那把刀。他用一根细线紧紧扎住阴茎的根部，用结扎压迫的方法阻止血液流通。他等待了十分钟，使血管壁完全闭合。然后，以迅速的动作（许多人不愿意想象它）把阴茎从离根部一英寸的地方切割下来。

他把那个讨厌的东西扔进壁炉里。他解开了细线，正如预料那样，几乎没有流什么血，他躺了一会儿，在肯定没有出现大出血之后，他以似乎轻松的步伐走到二号楼底层的门口，呼唤护理员。他受过的医学训练，让他知道自己也许会休克，此时必须被送进医务室。果然，布罗德莫的医生在大吃一惊之后，就是这样安排的。

他在医务室住了将近一个月，而且住在那里没几天之后，原来的怪脾气就显露出来。他不断抱怨工人干活的声音吵了他，甚至在工人停止工作的星期天，还依旧发出这样的抱怨。

阴茎的伤口渐渐痊愈，留下一个残桩可以排尿，但是失去了性功能，这使他的妄想得到满足。问题解决了，不能产生性活动，上帝也会满意了。医生在病房记录中评论说，居然有人敢对自己施行这样的切除手术，实在令他感到惊异不已。

他做出这样怪诞的行动，还有一个可能的原因，也许有人认为根本不可信。他割掉自己的阴茎，也许是由于一种负罪感和自我厌弃的心理，因为他与被他杀害者的遗孀有了某种亲近关系，或者对她产生了淫念。

大家都记得，伊丽莎·梅里特在十九世纪八十年代初期曾经不断到医院来看望迈纳。她带来了书籍，偶尔还带来礼物。迈纳和他的继母为了补偿她的损失，曾给她一些钱。她公开说她已宽恕了他的杀人行为，她承认他是在无法分清是非的情况下犯罪的，对此表示同情。在互相安慰的时刻,两人之间难道不可能发生什么事情吗? 两个人的年龄差不多，而且在许多方面境况都很恶劣。会不会在某一天，对于这件事的回忆使得敏感多思的迈纳医生陷入了负罪的深渊无法自拔?

并不存在任何迹象显示迈纳和伊丽莎·梅里特的关系超越了恰当、正式和纯洁的范围——事实也许就是如此。迈纳积存下来的负罪感也可能来自他的幻觉,他的病历记录中就屡有类似的描述。应该承认，有一种可能性（虽然没有把握），是由于某个具体事件的负罪感（不是慢慢发展的宗教热情），才使他干出了这可怕又可悲的事情。

这件事发生整整一年之后，将迈纳医生转移到美国的问题重新提了出来。这一次，迈纳的弟弟阿尔弗雷德（仍在纽黑文经营瓷器商场）给医院院长写了一封私人信件。迈纳本人从不知道这封信。通常很讨厌的布雷恩医生，这回第一次给人以希望："如果为他的治疗和照管作了适当安排，如果美国政府也同意转移，我想你的建议是会得到积极考虑的。"

又过了一年，詹姆斯·默里到伦敦去看在大学读书的女儿，返回牛津的途中前来拜访。他告诉布雷恩医生，迈纳是"我的朋友"，后来又对别人说,他感到很悲伤，因为迈纳显得十分消瘦，当年为词典工作时表现的精力和才智，现在已经看不见了。默里坚信这位老先生应当被准许回到美国去终其天年。他在英国既无亲人，又无工作，生活毫无意义。他的生活只是一场缓慢的悲剧，大家眼睁睁看着他衰老、死去。

威廉·迈纳见到默里十分高兴。他以非常亲切的方式给予回报：给了默里一小笔钱。詹姆斯·默里要去好望角殖民地（如今南非的一部分）出席一个会议。迈纳得知默里的旅行费用很紧张（吝啬的牛津大学出版社只给了他一百英镑），于是决定伸出援手，寄出若干英镑的邮政汇款。他还附寄了一封亲切的短信，就像老伙伴之间的交往那样：

> 请原谅我自作主张，寄给您一张邮政汇票。我想，它也许有点小小的用处，能弥补未曾预料到的开支。
>
> 哪怕是百万富翁，当他意外发现一个金币（sovereign）的时候，也会觉得高兴的，虽然他是个共和主义者①。我们没有那么多钱，但只要有机会，也有权利同样地高兴一番。
>
> 出门旅行和盖一幢房子一样，总会有一些额外的开销。因此，多一点钱总会有用处。
>
> 再见，祝您一路上运气好，财气也好。
>
> 上帝与您同在
> W. C. 迈纳

---

①这里迈纳开了一个双关语的玩笑，sovereign 的另一个意思是"君主"。——译者注

此后的几周到几个月里，这个精神病人又逐渐变成了残疾病人。他在洗澡时摔了一跤，脚受了伤。滑倒的时候把肌肉拉伤了，脚腕也扭伤了。由于天气寒冷，他又患了感冒。老年人碰到的许多困难一下子都堆到这位精神病人的身上，真是雪上加霜。威廉·迈纳这时成了一个衰弱的瘦老头，一点威风也没有，人人见了都觉得可怜。

　　这时，他又发了一次较小的疯病，后果却很悲惨。迈纳医生现在不编词典也不吹笛子了，但依然画水彩画，在房间里支起画架消磨了许多时光。有一天，他忽然生出奇想，决定把一幅好画赠送给威尔士公主——当时年轻的特克家族的梅小姐，后来的英王乔治五世之妻玛丽王后。

　　但是布雷恩医生说不行。由于布罗德莫许多精神错乱的病人都把自己当成英国王室成员，医院定出一条规则——任何病人都不许与英国王室成员有联系。布雷恩医生铁面无情地执行这条规定，告诉迈纳不许寄出这幅画。迈纳医生发火吵闹，后来又写出正式申请，迫使布雷恩将画和申请书送交给有权做最后决定的内政大臣。内政部自然支持布雷恩，于是布雷恩再次写信给迈纳，拒绝了他的请求。

　　这使得迈纳怒火冲天，他给美国驻英大使写信，激动的字迹几乎无法辨认。他要求大使派外交官员把画送到白金汉宫去。但是寄画的包裹无法送出，布雷恩坚决不许。因此，迈纳又写信给华盛顿的美国陆军参谋长，说自己是美国陆军的军官，却被迫不能与美国大使通信。

这整个事件成为美国使馆一个漫长夏月的工作焦点，惊动了许多副领事、秘书、帮办和随员。他们议论纷纷，想知道这位无害的老人到底能不能把美丽的水彩画送到威尔士公主手中。

然而终于没有成功。有关各部门从上到下都拒绝批准。整个事情结局很悲惨。迈纳医生伤心地回到自己的房间。当他要求归还那幅画时，人们高傲无情地告诉他，那幅画丢了。那封要求退画的信是一个又疯又衰弱的人写的，字迹支离零乱。画始终没有退还。

接下来是更加令人丧气的事件。在对威廉·迈纳的处理问题上，历史将不会宽容布雷恩医生。一九一〇年三月初，他竟下令取消这位老人原有的一切优待。只给了迈纳一天的期限，叫他搬出已经住了三十七年的套间，搬进精神病院的医务室去。这就是说，他必须放弃大批的书籍，以及他的书桌、速写簿和笛子等心爱的东西。这是一个报复心很重的人犯下的残酷暴行。在布雷恩眼里，他管理下的精神病院名声不错，容不得丝毫的损害。迈纳仅存的几位好友听到这个消息之后，纷纷写信愤怒地抗议。

艾达·默里在丈夫詹姆斯一九〇八年获得爵士称号之后也成了爵士夫人。她凭首相赫伯特·阿斯奎思的推荐，代表丈夫表示强烈的不满，认为对七十六岁的迈纳的待遇不近人情。布雷恩的回答有气无力："如果保留优待不至于冒严重事故的风险，我那时是不会取消对他的优待的。"

然而詹姆斯和艾达绝不罢休。他们认为，现在必须准许这位有才气的学者朋友回到家乡美国去，只有这样才能跳出布雷恩医生的魔掌，离开布罗德莫医院。现在的布罗德莫医院已经不再是迈纳可以追求学问的善良环境，而更像一个老式的疯人院了。布罗德莫医院原本是为了替代老式疯人院而成立的，现在却与之相差无几了。

　　迈纳的弟弟阿尔弗雷德于三月底乘船到达伦敦，想彻底解决这个问题。他已经与华盛顿的陆军总部交涉过，将军们说，只要英国内政部同意，就可以把迈纳医生转送到多年前他住过的地方去——美国首都的圣伊丽莎白医院。只要阿尔弗雷德同意安全护送他的哥哥渡过大西洋，英国内政大臣颁发批准文件是完全可能的。

　　命运总算做了仁慈的安排。当时英国的内政大臣碰巧是温斯顿·丘吉尔，他还不像之后那样出名。他的母亲是美国人，所以他对美国人有天然的好感。他要求内政部官员送给他一份有关迈纳案件的简报（这个材料现在依旧保存着），同时还要一份英美双方政府处理此事经过的简要说明。

　　内政部官员报告了赞同和反对假释迈纳医生的双方面理由，问题的关键在于：如果迈纳对别人仍旧有危险性的话，他的弟弟在护送他的过程中能否防止他接触枪支武器。官员们详细周密地论证了两点看法：一方面，迈纳已经没有危险性了；另一方面，他的弟弟是靠得住的。因此，经过长篇大论的分析说明，报告建议丘吉尔批准假释迈纳，允许他回到美国去。

于是，一九一〇年四月六日（星期三），温斯顿·丘吉尔用蓝墨水签署了一份"有条件的释放令"，条件是迈纳"在释放后离开联合王国，不再返回"。

第二天，詹姆斯·默里写信给布雷恩医生，希望能允许他和老朋友告别，爵士夫人艾达也一同前往。布雷恩医生轻松地回答："毫无问题，他的身体好多了，一定乐于见到您。"老人在三十八年之后终于可以回国，他情绪的愉快是可想而知的。

这件事对迈纳有重大意义，而且默里认为对英国也有重大意义，只是当时人们并不理解。因此，默里专门请拉塞尔公司（为英国王室摄影的著名公司）派人为迈纳医生在布罗德莫医院的花园里照相留念。布雷恩医生说他不反对。在这张照片里，迈纳富有学者风度，显露满意的神情，无忧无虑，无拘无束，似乎在英国式的花园里刚刚享受了茶点，非常悠闲自在。

一九一〇年四月十六日（星期六）清晨，护理长斯潘霍兹（当时许多护理人员都是布尔战争中曾经当过战俘的老兵）奉命执行护送任务，穿便衣把威廉·迈纳送往伦敦。默里爵士夫妇在春天微弱的阳光下与迈纳握手告别，每个人的眼里都闪着泪光。

这场告别比寻常的更加庄严，两位老人以极为正规的方式互道珍重。他们之间的友情经历了长久的考验，他们合作的学术成果已经完成近半——《牛津英语词典》迄今出版的六个分册已经装进了迈纳的箱子里。布雷恩医生也讲了几句告别的话。于是，四轮马车启程上路了，很快消失在早春的薄雾中。两小时以后，马车到达通往伦敦的东南铁路干线布莱克内尔车站。

一小时以后，斯潘霍兹和迈纳到达伦敦，进入滑铁卢车站宽阔雄伟的穹顶大厅。一八七二年某个周六的晚上，本书讲述的杀人事件就是在离此数百码的地方发生的；比起当年，滑铁卢车站变得大多了。由于显而易见的原因，二人没有在此停留，立刻换乘马车去圣潘克拉斯车站，在那里又赶上去梯伯里码头的渡轮。他们又走上码头，大西洋航线的双螺旋桨客轮"明尼通卡"号正在那里加煤及准备旅客的食品，当天下午将启程驶往纽约。

阿尔弗雷德等候在客轮的舷梯旁。到这个时候，布罗德莫的护送人才最后解除了对病人的监护，把他交给阿尔弗雷德。中午以前，双方办了移交手续，接收方在收据上签了字，仿佛这个病人就是一只箱子或一大块肉似的。"兹证明我已从布罗德莫刑事精神病医院收到威廉·切斯特·迈纳。看管人阿尔弗雷德·W.迈纳。"斯潘霍兹高兴地挥手告别，匆匆去赶他的回程火车了。下午两点，轮船的汽笛长鸣，在拖驳的带动之下慢慢移进了泰晤士河口。到下午三四点钟左右，轮船已经离开了肯特海岸的重要标志灯塔，向右舷急转弯。傍晚时分它已进入英吉利海峡，第二天清晨驶过锡利群岛南部。到了中午，英格兰以及它包含的噩梦已经最后消逝在潮湿的船尾之外。灰色的大海广阔无边，空空荡荡，前方便是美国——家乡。

两星期以后，布雷恩医生收到了从纽黑文寄来的短信。

我很高兴地告诉您，我的哥哥已经安全地完成了他的旅程，现在已愉快地安顿在华盛顿的圣伊丽莎白医院。他在旅途中很高兴，没有晕船。在旅途后期，我觉得他活动太多了。他在晚上没有给我惹麻烦，然而，到达纽约码头之后，我才大大松了一口气。……我希望今后能愉快地见到您。谨向您和您的全家致意，并向布罗德莫医院的全体职员和护理员们问好。

Diagnosis (dəïɣgnō^{u}·sis). 复数 **-oses**。[来自拉丁语 diagnōsis, 希腊语 διάγυωσις, 名词，源自动词 διαγιγυώσκειυ 区别，辨别，源自 δια- 透彻，彻底 + γιγυώσκειυ 求知，求解。法语为 diagnose 见莫里哀著作：比较前述诸词。]

1. 医学：对病情的诊断，仔细考察病史病状后找到的病源；经过上述考察后形成的正式结论。

只留下纪念碑

在大词典伟人中间，老弗雷德里克·弗尼瓦尔是第一个离开的。明尼通卡号轮船驶离伦敦后才几个星期，他就死了。

早在一九一〇年初，弗尼瓦尔就知道自己将不久于人世了。但是他仍旧活跃，有趣，在哈默史密斯划小艇，与 ABC 茶馆的女招待们调情，同时，每天都把装满词条和报纸剪辑的邮件寄到词典编辑部去。他与这项工程密切合作已经有半个世纪之久了。

在写给默里的最后一批信中，他对马上就要致命的病症表现了奇特的藐视态度。例如在一封信的开头，他对 tallow-catch 这个词表达了浓厚兴趣。默里在莎士比亚著作中发现了这个词，给它下了定义，然后寄到哈默史密斯去征求弗尼瓦尔的意见。这个定义的内容大致是"非常肥胖的人……一堆牛脂"，就像今天说某个人胖得像"一堆猪油"一样。弗尼瓦尔很欣赏这个定义，对默里表示祝贺。在说完这些话之后，他才简略地提到医生给他的肠癌作出的预言："是啊，我们这些编词典的人都一个一个地走了，六个月以后我也将不在人世了……我本来希望在死前看到词典完工，但是做不到了，很令人失望。然而，完工是不成问题的，这样也就行了。"

不出所料，他死于当年七月。但是他一直到审查完一个很精彩又很长的词条之后，才放下工作。这个词条将列入第十一卷。默里对他提出建议："您愿意看看 TAKE 这个巨大词条的付印稿吗？最后的审订工作也许会使你感到高兴的。"

默里本人也日渐衰老。随着弗尼瓦尔的逝世，他感到自己的日子也不多了。他把 take 交给弗尼瓦尔审查，说明整个 T 字母的工作才开始不久。仅仅这个字母就花了他五年的时间，从一九〇八年到一九一三年。他完成之后松了一口气，作了一个不够谨慎的乐观预测："我已经到了胜利在望的阶段了。非常可能再过四年，到我八十岁的时候，《牛津英语词典》就会完成了。"

然而并非如此。四年之后《牛津英语词典》并未完成，詹姆斯·默里爵士也没有活到八十岁。他所期待的双喜临门（结婚五十周年和词典完工）并未实现。牛津大学的一位皇室钦定医学教授曾经开玩笑说，大学给默里的工资"只够这老头子活着罢了"，这样他才能继续编词典。现在看来，他们给的钱还是不够多。

一九一五年春天，他的前列腺出了毛病，当时流行的 X 射线治疗法对他造成了严重的伤害。他仍旧保持着原来的工作速度，在夏天完成了从 trink 到 turndown 的编写任务，其中包括许多难字。他的一位编辑说："他以特有的智慧和才能处理了这些难题。"七月十日，他在"缮写室"照了最后一张相，周围站着他的女儿和同事们，背景是装满图书的许多大分类架（这与早年装满千万张纸条的木格了大不相同了），詹姆斯爵士仍然戴着一项四方帽，显得消瘦而疲倦，一副顺乎天命的神情。他周围的人们的表情也很悲伤，彼此心照不宣。

他于一九一五年七月二十六日死于胸膜炎。遵照他的愿望，他埋葬在一位好友，牛津大学的中文教授的墓旁。

威廉·迈纳此时住在华盛顿公立精神病院（当时非正式地称为圣伊丽莎白医院，一九一六年才正式以此命名），已经是第五个年头。那位曾给他许多安慰和智力满足的人的死亡，他是后来才知道的。在默里去世的当天，他只是度过了又一个难以忍受的坏日子。有人也许会说，在大西洋彼岸远隔三千英里的牛津发生了丧事的那天，迈纳在华盛顿曾经不自觉地作出过悲哀的反应。

"他打了一位病友。"这是七月二十六日（星期一）晚上迈纳的病房监护写下的记录。"那个病友偶然停下来朝他的房间里看了一下，他便发火了，想狠狠打过去。但是没有力气，也伤不了任何人。"（一个月前他也打过人。六月的一个下午他在护理人员的陪伴下散步时，遇到一位警察。警察问他问题的时候，他朝对方胸部打了一拳。后来他表示了歉意，说自己"有点容易激动"。）

自从医院给他做病情记录以来，他已经没有伤害人的能力了。他虽然发疯，但是身体异常瘦弱，腰已经直不起来，走路抬不起脚，只能一点一点蹭着地面前进。他的牙齿脱落了，头发也掉光了。医院给他照了正面和侧面相（就像给犯人照相那样），他留着白色长胡子，秃头好像圆穹顶，眼神发狂。医生说他的病属于妄想型。他承认自己仍然常常想到小女孩，在梦里她们强迫他做一些可怕的动作。

尽管如此，医院并不认为他具有危险性。医生一致同意他可以享受优待，到附近农村去散步，但必须有护理员陪伴。由于他割断过阴茎，医院禁止他接触刀剪，但是在其他方面他是无害的。他已经七十七岁高龄，满脸皱纹，没有牙齿，耳朵有点聋，但"在这种年纪，算是非常活跃的"。

在圣伊丽莎白医院，他的妄想和幻觉愈来愈严重了。他说他的眼珠经常被鸟儿啄出来；有人拿金属漏斗插进他嘴里灌食物，还狠砸他的手指甲。又说几十个侏儒藏在他房间的地板下，是地狱派来的。他有时会发火，但通常是安静有礼貌的，常在屋里读许多书，写许多字。一位医生说他的态度有点傲慢。他不喜欢和别的病友在一起，绝对不许任何病友走进他的房间。

他的病始终令人莫名其妙，只有在圣伊丽莎白医院才得到可以算是现代化的、医学界公认的描述。一九一八年十一月八日，负责照料他的心理医生达维迪安正式宣称，一八四八七号病人威廉·迈纳患的是"妄想型痴呆"。从此以后，"偏执狂"或"妄想狂"这样的含糊字眼不再使用了。维多利亚时代那种糊里糊涂却又坚决果断的"精神治疗法"（这本是巴黎萨伯特医院的菲利普·皮内尔医生编造的称呼）也就与迈纳及其疾病脱离了关系；终于可以用现代精神病学来处理他的病症。

"早发性痴呆"（dementia praecox）这个新名词是相当准确的。

达维迪安使用它作诊断的时候，它已经风行了二十年。它直接的含义就是精神能力在青壮年期衰退，用来描述一个病人与现实脱离的状况，就像迈纳发病时那样，患病年龄通常在十多岁、二十多岁或三十多岁。在这一点上，它与"老年痴呆症"（senile dementia）显著不同，后者指伴随年老出现的精神失常，阿尔茨海默症就是其中的一种。

一八九九年德国精神病学家埃米尔·克雷珀林在海德堡首次公布了"早发性痴呆"这个专门术语。他是当时最权威的精神病分类专家。他给这种病命名不是为了将它和老年精神病相区别，而是为了指出它与另一种躁郁型精神病大不相同。早期精神病专家常把两者弄混，因为两种病有一些相似之处。

克雷珀林的观点是一种革新。他认为躁郁型精神病可以找出外在的物质原因（例如在血液和大脑中碱性金属锂的含量太低），因而是可以治愈的（例如服用锂片，以补充患者的欠缺）。然而早发性痴呆病却是一种内源性疾病，找不到外在的原因。在这一点上它很像原发性高血压这种谜一样的功能系统失调，还有各种紊乱的副作用，看不出原因在哪里。

克雷珀林又把早发性痴呆分为三种类型。有紧张症型痴呆，病人身体的机械功能过强或丧失；青春期痴呆，病人的畸变行为发生于青春期，词源于希腊语 ήβη 即"青春"；还有妄想型痴呆，病人苦于各种幻觉，常常感到受迫害。根据上述分类，迈纳医生所患的就是第三种类型的病。

对他这类病人的传统处理方法很简单，按今天的标准也是很不开明的。患妄想型痴呆的病人被认为无法治疗，因此由法庭判决与社会隔离。大多数病人由于皮内尔医生的倡导，在高墙以内受到仁慈的照顾，但不让他们给外界正常生活造成不便。有些人只监禁短短几年，有的达十年、二十年。而迈纳则大半辈子被迫与社会隔离。他人生中起初的三十八年大部分在外界生活。杀死乔治·梅里特之后，他余下的四十八年里，有四十七年被关在公办的精神病院里。他基本上没有得到治疗，因为当时的医生认为无法治疗。

从迈纳和达维迪安的时代到现在，人们对待这种病的态度变得开明多了。首先，病的名称变了①。新的名称首先出现于一九一二年，其词源为希腊文，意思是"思想的分裂"。（有可能还要变。为了消除不愉快的联想，有人建议把这种病称为"克雷珀林综合征"，也许这种做法不够谨慎。）

在迈纳病情的晚期，医学界才刚开始引进某些早期治疗药物，包括大剂量的镇定药，如水合氯醛、安米妥钠、三聚乙醛等。今天，已经有了各种各样治疗精神病的昂贵药品，至少足以控制比较严重的精神扰乱现象。然而，尽管花了许多钱，在遏制此病神秘的诱因方面仍然很少有进展。

这诱因到底是什么？仍然存在许多争论。像精神分裂这种重要的病症，在大脑的化学结构、功能和外观等方面都发生了严重的破坏，能够说它没有原因吗？就威廉·迈纳的病例来说，莽原之战的

---

①原为 dementia praecox，后改用 schizophrenia，中文译为"精神分裂症"。——译者注

恐怖场景是否就是诱发他后来奇怪行为的原因？

他对一个爱尔兰士兵施行烙刑，是否直接或间接引发了他八年以后犯下的罪行，最后使他终生与社会隔绝？能否找到一个事件作为起因，就相当于他曾经遭受某种细菌的侵袭那样？难道精神分裂是无缘无故的，是某些倒霉的人天生就有的吗？再说，这种病到底算是什么——是否个性发展到怪异的程度，从怪异个性再往前走几步，就到了社会无法容忍的境地？

谁也不能完全肯定。一九八四年发表过一篇学术论文，说到有个人相信自己长了两个脑袋。他觉得其中一个使他很难受，便用手枪朝它开火，结果受了重伤。他被诊断患有精神分裂症，医学界都一致同意，因为这个人明明只有一个脑袋，而他被一种荒谬的幻觉支配了。还有一个例子，维多利亚时期在赫特福郡有个"疯子卢卡斯"，其丑事人人皆知。他和妻子的尸体共同生活了三个月，然后在荒野的肮脏环境中度过了二十多年，就像《圣经》中的人物一样，伦敦的旅游者专门坐着马车来看他。他被诊断患有精神分裂症。真是这样吗？他也许只是接近疯狂的怪人，行为超越了公众接受的范围。他和幻想多了一个脑袋的人疯狂程度相同吗？危险性也到了必须监禁的程度吗？像威廉·迈纳这样的病例，也在这种疯狂的范围之内吗？他是不是比第一个人的疯狂程度差一些，而比第二个人又高一些？该怎样定量？该怎样判断，怎样治疗呢？

精神病学家对以上所有的问题都保持着小心谨慎的态度。这种病是否有明确的病因——是否被诱发，他们也说不清楚，有各种不同看法。多数的精神病研究专家都认为存在多种可能性，避免下定论，宁愿说这种病是若干因素积累而成的。

某个病人也许具有先天的体质，容易患这种病。这个人基本性格的某些特点使他对外界的刺激，例如战场景象或酷刑等，产生"不良反应"。但也许某些景象或震动突如其来，压力太大，任何人都难以忍受，无法保持清醒和理智。

近年来大家都公认，有一种所谓"创伤后应激障碍"，影响了大批被暴露在恐怖场景中的人。这种病首先在海湾战争之后大量出现，在绑架或交通事故之后也屡有发生。但大多数患者经过一段时期便脱离了种种病兆，恢复了正常。威廉·切斯特·迈纳却永远没有恢复过来，终生遭受病症的痛苦。我们说"创伤后应激障碍"毁了他的一生，也毁了死在他手下的那个人的一生，这样说当然也很方便，但是他日后的病情却不是那么简单。他的大脑本来就有严重的问题，弗吉尼亚战场发生的事情也许只是触发了病情的表现而已。

也许有一种不寻常的先天因素导致他患病——他的两个亲属便是自杀身亡的，虽然我们对情况不完全清楚。也许他的性情过于温柔——他爱作画，爱吹笛子，爱收藏古书，这种性情使他受不了南方战场上那些血腥的刺激。也许他后来被囚禁在布罗德莫医院，这使他无法好转；而开明的、富有同情心的环境也许能缓解他的阴暗情绪，有助于他恢复正常。今天，每一百人中就有一个人患精神分裂症。如果以同情心对待他们，加上药物治疗，几乎所有的病人都能过上体面的生活。但这些都是迈纳医生在他的时代无法享受到的。

当然，迈纳有编词典的工作可做。命运就这样充满着残酷的矛盾：如果他能享受今天的待遇，也许他就不会迫切地想做词典工作了。如果给他服用镇定情绪的药物（爱德华国王时代就是这样），或者像今天一样给他喹硫平或利培酮等药品，他的疯狂症状也许就消除了——但是，也许他就不愿意或不能够为默里博士工作了。

在某种意义上，所有那些词典纸条就是他的治疗手段，就是他的药物。月复一月，年复一年，他在安静的小屋内进行有规律的智力活动至少能缓解他的妄想狂病。没有了这种智力刺激，他的病情就恶化了。当这部伟大的著作不能发挥磁力作用，当他聪明而备受折磨的头脑从某个固定的注意点上移开的时候，他的生命力就开始消退，一天不如一天了。

人们也许会怀有一种奇怪的感激之情，感谢他的待遇不算好，没有使他从工作上分心。他在精神病院可怕的夜里遭受痛苦，倒给了我们大家一种利益。他疯了，而我们反而有理由感到高兴。这真是一种残酷的讽刺，想来真令人难过。

一九一五年十一月，也就是默里逝世四个月后，迈纳医生写信给牛津的默里夫人，把所有从布罗德莫寄到"缮写室"交默里保管的书籍都赠给了她。他希望这些书最终可以交给牛津大学博德利图书馆。"知道您很健康，我感到高兴。从您的来信和关心的事情看来，我的猜想没有错。您想必仍旧为词典的材料花费着大量的精力……"他写信已经用英国的拼法，在布罗德莫医院度过的漫长岁月，在许多方面都留下了印记。

至今他的书籍果然仍保留在那个大图书馆里。记录注明了"由迈纳医生通过默里夫人赠"。

此时，他已日渐衰颓。他内战时期的一位老同事从宾夕法尼亚的西切斯特写信到医院询问他的情况，医院院长回信说，考虑到迈纳上尉年龄这么大，他的健康已经很不错了，还说他"住在明亮愉快的病房里，对环境看来是满意的"。

但是，病房记录的情况却不是如此，一系列的病兆都表明衰老和精神分裂现象愈来愈重。护理员愈来愈多地写到迈纳摔倒了，受伤了，迷路了，发火了，头晕了，容易疲倦了等等，最糟的情况是记不住事情，而且他自己也知道这个毛病。他的头脑虽然久经折磨，但一直十分敏锐。到了一九一八年，也就是第一次世界大战结束那年，他似乎已经知道脑力消退了，他的智力已和体力一样衰弱，来日已经不多了。他在床上一躺就是几天，说需要"好好休息"。他仍旧要用椅子顶住房门，仍旧感到受迫害。这时距离杀人事件已经四十五年，距离他在佛罗里达军事要塞初次出现疯狂征兆已经半个世纪。然而，一切病兆都保持不变——没有停止，没有痊愈，也无法治愈。

他仍旧爱发牢骚，像下面这封信就是在一九一七年夏天写的：

尊敬的怀特医生，有一段时间肉食品（牛肉和火腿）又干又硬，你打招呼以后稍微有点改善，我不会再抱怨什么了。但是没有搭配蔬菜，只有米饭。

这是小事，不值得抱怨，然而生活中这类小事太多了。感谢您将要为我做的一切。

非常爱您的

W.C.迈纳

一年以后（由于他视力和记忆力都很差，错把一九一八写成了一八一九），他又一次表现出奇怪的仁慈，就像过去捐款资助默里去南非好望角那样，这次他寄了二十五美元给比利时救济基金会，又寄了二十五美元给母校耶鲁大学的国防服务基金会。耶鲁大学校长从伍德布里奇厅回信给医院院长说："我知道迈纳医生的不少情况，因此，我收到此项赠款时加倍感动。"

一九一九年，他的侄儿爱德华·迈纳向陆军有关部门申请把他从圣伊丽莎白医院释放出来，转到康涅狄格州哈特福德的一所老年精神病院去，该院又名"疗养院"。陆军表示同意。在十月的一次会议上，一位叫杜瓦尔的医生说："如果疗养院充分了解他的病情，我们可以放他走。他已经老了，不至于闯什么大祸了。"医院的董事会也同意了。于是，在十一月的一个风雪天，这位衰弱的老先生便离开了华盛顿，离开了自从一八七二年便住进的精神病院世界，永远不再回来了。

他喜欢他的新家，那是康涅狄格河畔的一座大宅，周围有广阔的森林和花园。他的侄儿在一九二〇年初写到环境的变化对他似乎有一定好处，也写到他在生活上已经不能自理。后来，他的眼睛又很快失明，几个月不能看书。丧失了这个重要的快乐源泉之后，生活的意义也所剩无几。果然，在早春刮大风的一天，他出去散步，因感冒发展为支气管炎，就在睡眠中安静地死去了。那天是一九二〇年三月二十六日，星期五。他活了八十五岁零九个月。他虽然患精神病，却像约翰逊博士词典中的大象那样，"寿命极长"。

没有讣告，只有《纽黑文纪事报》的死亡栏里登了两行消息。紧接着的那个星期一的下午，他的遗体被运回老家，安葬在常青墓园内他家族的墓地里，那是他的传教士父亲伊斯特曼·斯特朗·迈纳购置的。小小的墓碑不引人注意，由红色砂岩制成，上面只刻了他的名字：威廉·切斯特·迈纳。一个天使雕像竖立在附近的基座上，眼睛看着天空，铭言是："我怀着信念仰望您。"

常青墓园的四周是高高的粗钢丝围栏，把墓园与纽黑文的贫民区隔开，这一带离庄严优雅的耶鲁大学很远。围栏的存在表明了一个矛盾而悲哀的事实：威廉·迈纳医生为最好的英语词典作了卓越的贡献，死时却被遗忘，葬在了贫民窟边。

《牛津英语词典》又过了八年才宣告完成，时间在一九二七年的新年夜。第二天早晨，《纽约时报》以头版登载了这个消息：随着古老的肯特语 zyxt（肯特方言中，动词"看"的第二直陈法现在时）

被编入词典，字母表上的全部词汇已经编完，词典的全文已经付印，大功告成了。报纸宣布，巨著的创建是英语文化的英雄史诗。

美国人确实很喜爱这个创建词典的故事。H. L. 门肯本人也是卓有成就的词典编纂学家，他写道，牛津大学应该隆重庆祝这历时七十年的工程竣工，应该举办军事游行，大学教师的拳击擂台赛，拉丁语、希腊语、英语和牛津方言的演讲，牛津大学各学院之间的热闹赛事，中世纪式的酒宴。由于词典最后一任主编同时兼任牛津大学和芝加哥大学的教授，而且美国人也参与了词典的创建工作，他们有充分的理由对这件大事产生浓厚的兴趣。

编词典是孤独而单调乏味的苦工。只有默里和迈纳这样的人，才有能力与巨大的词汇洪流搏斗，并站稳脚跟。现在终于有了伟大的回报：十二巨册，为四十一万四千八百二十五个词下了定义，一百八十二万七千三百零六条引语被采用（其中迈纳一人就贡献了一万多条）。

词典均由手工排版，版面印在纸上，仍可触摸到精致的文字凹痕。全部活字的总长度为一百七十八英里，相当于伦敦到曼彻斯特郊区的距离。不算所有的标点符号和空格（排字工人都知道，这些部分与文字一样耗费时间），共有两亿两千七百七十七万九千五百八十九个字母和数字符号。

别种语言的词典有费时更长久的，但是没有一本词典比牛津大词典更雄伟壮丽，更具有权威性。它是发明印刷术以来最伟大的印刷品，是最长、最激动人心的书系。

一个词，只有一个词，被丢掉了。bondmaid 这个词在约翰逊的词典里出现过，默里把它放错了地方，直到 Battentlie-Bazzom 分册出版很久之后才重新找到，成了无家可归的流浪儿。这个词和编纂各分册过程中没有收集到的几万个词语集在一起，出现在一九三三年的增补卷中，时间已经过去了四十四年。一九七二年至一九八六年间又出版了四本增补卷。一九八九年，依靠新的电脑技术，牛津大学出版社发行了重新编排的第二版，把原版和增补卷中的全部修改与补充结合在一起，组成比较精巧的二十卷。为了促进销售，七十年代后期还发行了两卷的缩印本，并附加一只高倍的放大镜。后来又出现了光盘，不久又将巨著改编在网上使用。现在已经投入巨资，正在编纂词典的第三版。

偶尔有人吹毛求疵，说这部书反映了英国维多利亚时代上层男性的腔调。但是，即使我们承认词典和那个时代的许多成就一样，与二十世纪末的风气不协调，也没有人敢说别的哪部词典能够超越或接近它的水平。这是许多具有广博知识与兴趣的热心男女共同创造出来的伟大成果。它在今天仍然有生命活力，正如英语本身所拥有的生命活力。它有权被称作英语的写照。

Memorial (mǐmō°·riǎl), *a.* 及 *sb.* [来自古法语 memorial（现代法语 mémorial）= 西班牙语，葡萄牙语 memorial，意大利语 memoriale，源自拉丁语 memoriālis 形容词（中性 memoriāle 在晚期拉丁语中作名词）memoria MEMORY。] A. *adj.*

1. 纪念某人或某事的；

3. 纪念某人、某物或某事的物品，如纪念碑等。

后记

本书讲述的是一个美国军人的故事。他参与创建世界上最伟大的词典的过程是独特动人的，值得赞美和纪念的，同时也是不幸和悲惨的。然而，人们很容易忘记，是什么情况使得威廉·切斯特·迈纳能够把全部时间和精力都贡献给《牛津英语词典》的创建，那就是因为他犯了可怕的、难以饶恕的杀人罪。

受害人乔治·梅里特是个无辜的普通工人，从威尔特郡来的农家子弟。他到伦敦来谋生，但被枪杀了，留下怀孕的妻子伊丽莎和七个幼小的孩子。全家人的生活极端贫困，在维多利亚都城最艰难困苦的地区勉强维持着一种农村人的体面。梅里特被杀害后，全家境况雪上加霜，日子就更艰难了。

整个伦敦都受到这个杀人事件的震动，人们募捐善款来帮助受害人的遗孀和子女。尤其是美国人，他们由于自己的同胞犯了罪而震惊，在美国总领事的发起之下纷纷集资救济。兰贝斯各教区的牧师也联合起来发动基督徒捐款。伦敦各界为募捐举行了许多义演，其中有一台演出"品味特别高雅"，节目包括朗诵朗费罗的诗歌以及《奥赛罗》的选段等，在赫库勒斯俱乐部举行。而葬礼本身则非常隆重，可以和任何盛大活动媲美。

乔治·梅里特本人是福莱斯特共济会的成员。这一类共济会组织在英国一度非常流行。在没有政府或私人的济贫基金的情况下，共济会创建了互助养老金，还给劳动阶层提供其他的经济资助。梅里特被害的那天晚上，他去接班的那个工人也是福莱斯特共济会的成员。这就更加重了共济会的责任，要为死者举办一个像样的丧礼。

送葬的队伍长达半英里。走在最前面的是福莱斯特共济会的乐队，奏着歌剧《扫罗》中的丧礼进行曲，后面是几十个举着共济会旗帜的人，然后是死者的灵柩车和四辆载着家属的黑色马车。伊丽莎·梅里特坐在最前面的一辆车上，怀抱着最小的婴儿低声啜泣。马车后面跟着酿酒厂的工人，最后是几千名普通市民，大家在手臂或帽子上佩戴着黑纱。

整个下午，送葬队伍从兰贝斯出发慢慢曲折前进，经过发生悲剧的贝尔维德雷路，经过伯利恒精神病医院，走进广大的图丁墓园。乔治·梅里特就安葬在那里。

他的墓地可能有过标志，但现在已经没有了。文献记载乔治·梅里特安眠的地方，只剩下一小片褪了色的草地，被包围在许许多多华贵的新墓碑中间。

我们已经知道，威廉·迈纳在清醒的时候对他疯狂行为的后果感到震惊和悔恨。他在布罗德莫的病房里曾设法把钱寄给梅里特的家属以减轻他们的困难。他的继母朱迪丝也捐款帮助过死者的孩子。

事故发生七年之后，当迈纳写信给伊丽莎表示悔恨时，伊丽莎宽恕了他，而且作出了不寻常的决定，到布罗德莫去看望他。此后几个月，她不断到克罗索恩来，为迈纳捎来他喜爱的书籍。然而，她始终没有从悲痛的打击下真正恢复过来；不久以后她染上了酒瘾，最终死于肝功能衰竭。

她的两个儿子也死得非常离奇。第二个儿子乔治收到朱迪丝的赠款后去了摩纳哥，在赌场赢了一大笔钱，就住在那里了。他自称"蒙特卡洛之王"，但不久之后便贫病交加，死在了法国南部。乔治的弟弟弗雷德里克在伦敦开枪自杀身亡，原因始终没有完全弄清。迈纳的两个弟弟也是自杀死亡的。这些事实给我们的故事增加了难以言喻的伤感。

然而，我们这个奇怪故事的主要悲剧人物还是大家记忆最模糊的人，也就是一八七二年二月的一个星期六晚上在兰贝斯潮湿而寒冷的石路上中枪死去的人。

这个故事的两个主要人物的命运悲惨地联结在一起。要说公众为他们立过什么纪念碑，那也是十分悭吝，不成模样的。威廉·迈纳在纽黑文墓地有一个简朴的小墓碑，周围全是破房子和废弃物。乔治·梅里特则什么都没有，只在伦敦南部的大墓园中占有一小片灰色的草地。然而迈纳编过大词典是一项有利条件，人们可以说词典就是他的永久纪念。他杀死的那个人，却没有任何东西留下来充当纪念物。乔治·梅里特已经是被完全忘却了的人。

这就是为什么，在一百二十五年之后，这本小书要在首页上写上奉献给他的词语。这本书是个小小的纪念品，献给威尔特郡和兰贝斯的乔治·梅里特。如果没有他的过早死亡，就不会有随后发生的一系列事件，也就不会有我们讲述的整个故事。

‖ **Coda** (kō·da, kō^u·da). 音乐术语 [意大利语： 一拉丁语 cauda, 尾巴] 乐章主要部分结束后加进来的相对独立的乐段，以便构成更确定更满意的结尾； 尾声。

作者附言

　　早在二十世纪八十年代初期，当我住在牛津的时候，我对本故事的核心事物——牛津大词典，就产生了极大的兴趣。夏季的一天，一位在牛津大学出版社工作的朋友邀请我到某个仓库去看一件被遗忘的宝贝。那是乱堆在一起的许多金属印版，每一块十英寸长，七英寸多宽。我捡起一块来，才发现它重得要命。

　　这就是印制《牛津英语词典》的活字印版，已经废弃不用了。它是在十九世纪和二十世纪初铸成的，正面是铅，背面是钢与锑。《牛津英语词典》的许多版——从编辑过程中出版的许多分册，到一九二八年出版的十二卷杰作，都是靠这些印版印出来的。

　　我的朋友解释说，出版社现在已经采用了现代技术：电脑排版，摄影印刷之类。排字工人的那一套老办法——铅块、活字、空铅、铜版、滚筒衬垫纸、印版刷子，还有他们能飞快地倒过来认字的奇特本领，一齐都弃置不用了。这些印版，以及手工排字用的铅字盒，全都扔在一边，或者熔化掉，派不上用场了。

　　他问我，愿意要一两块印版吗？这个一度非常了不起的东西，保存起来可以做个纪念嘛。

我挑选了三块，在灰尘和阴暗的光线中尽力辨认印版上倒过来的文字。其中的两块，后来送给别人了。我保留了一块，是这部伟大词典第五卷第四百五十二页的全页，上面的词是 humoral 到 humour。这一版大约在一九〇一年编成，在一九〇二年排出付印。

多少年来，我把这个奇怪的、看上去脏兮兮的印版携带到了各个地方。它好像是一个护身符。无论我住在哪个城市、哪个乡村的楼房或农舍，我都把它藏在壁橱里。我为它感到自豪。所以才不怕麻烦地带着它。有的时候，我发现它被遮在别的重要东西的后面了，便取出来把灰尘掸掉，拿给朋友们看看印刷史上的这件迷人的小玩意儿。

他们起初一定觉得我有点疯癫，但过了一会儿，他们似乎懂得了我的心情，明白了我为什么会喜欢这个黑乎乎的非常沉重的东西。我瞧着他们轻轻用手指触摸上面突出的铅字，点头表示同感。这个印版好像摸着挺舒服，给人一种智力上的愉悦。

九十年代中期住在美国的时候，我碰到一位排字印刷的技师——一位女士，住在马萨诸塞州西部。我对她讲起这个印版，她显然十分兴奋。她说，她对于《牛津大词典》的故事很感兴趣，也非常喜欢它的版面设计、喜欢它优雅聪明的排字艺术，以及维多利亚时期古板的老编辑们采用的活版字体。她想看一看我的印版。我把它带去给她看，她希望能借用一段时间。

这段时间竟有两年之久。这期间她干了一个手工印刷师能够揽到的许多工作。她为小说家约翰·厄普代克制造了一系列宽页单面的书册，为几位新英格兰诗人印制了一些小本诗集，还出版了一两套短篇小说集和戏剧集。所有这些书都是用手工纸印出来的。她真是个了不起的技师，干活很慢，一丝不苟，完美无缺。她把我那块印版一直摆在窗台上，思量着怎样才能最好地对待它。

最后她想出来了。她知道我很喜爱中国，在那里住过多年，也知道我喜爱牛津超过了其他英国城市。于是她把印版取下来，用许多种溶液仔细清洗掉上面的灰尘、油腻和墨迹，然后把它放在她的范德柯克式印刷机上。她使用最好的手工纸，细心印出了两页版面——一张的颜色是中国红，另一张是牛津蓝。

她把三件东西摆在一起，中间是金属印版，左边是红页，右边是蓝页，都放在镶了细金边、不反光玻璃的镜框里。她把这一整套东西挂在她家乡的小咖啡馆的墙上，然后写了一张明信片通知我可以随时取走，同时一定要尝尝咖啡馆的草莓大黄馅饼和卡布其诺咖啡。咖啡馆没有要我付钱，我从此也没有再见到那位印刷技师。

现在那个印版和两张印刷品仍旧挂在我的墙上，下面的桌子上放着《牛津大词典》的第五卷，我把书翻到和印版上相同那一页，用一盏灯照着它。维多利亚时代的人们会把这称为"华美的结合"。它是个小小的神坛，表现着编书和印书的愉快以及对词语的喜悦。

有一次，我母亲注意到，印版、印页以及书页上最主要的词条是 humorist 这个词。她想起了一个有趣的巧合，另一种"结合"，虽然不算十分"华美"。Humorist 是一九二一年六月一日赛马大会中一匹马的名字，那天正好是我母亲的降生日。她的父亲因为女儿的出生而高兴万分，就买了十金币的赌注押在 Humorist 这匹小母马身上。虽然它跑的是外圈，但居然大获全胜。我这位不曾见过面的外祖父赚了一千金币，都因为他偶然喜欢上了 humorist 这个词。

Acknowledgment (ǽknǫ·lèdʒmĕnt)；亦作 **acknowledgement**（此拼法更符合英语字母含义）。[来自 Akknowledge（动词）+ -ment。英语动词后面加 - ment 的早期实例。]

1. 承认，供认，招认的行为，或表示承认的言词，供词，供状。

5. 收到礼物、恩惠、信件的一种表示；有礼貌地致谢。

6. 由此，收到任何东西后表示感谢的回报；收到对方恩惠或信件的正式通知。

1739 T. Sheridan *Persius* Ded. 3，"I dedicate to you this Edition and Translation of Persius，as an Acknowledgment for the great Pleasure you gave me. "(我把 Persius 的这个翻译版本敬献给你，作为你曾给予我许多快乐的回报。) **1802** Mar. Edgeworth *Moral T.* (1816) I . xvi. 133 "To offer him some acknowledgment for his obliging conduct."（对他热心助人的行为表示感谢。) **1881** *Daily Tel.* Dec. 27 "The painter had to appear and bow his acknowledgments."（画家不得不露面，向大家鞠躬致谢。) *Mod.* "Take this as a small acknowledgement of my gratitude. "（请收下这个，作为我表达感谢的一点心意。)

致谢

　　我第一次遇到这个故事是在一本关于词典编纂技术的严肃著作中，只是顺便提了一下，讲得十分简略；但是它立刻吸引了我，我认为值得追根究底一番，把全部详情写出来。但是，好几个月里，只有我一个人这样想。当时我正在从事另一个主题的庞大工程，各方面的意见都主张我努力做好那件工作，而把这个有趣的小故事放在一边。

　　然而有四个人和我一样，感到它很吸引人，他们认为讲述威廉·迈纳辛酸而富有人情味的故事，也许能从另一个视角来观察英语词典编纂学史（那是更大、更迷人的故事）。这四个人是：我在伦敦的代理人和老朋友比尔·汉密尔顿；维京出版社的编辑安雅·瓦丁顿，也在伦敦；纽约哈泼柯林斯出版社的执行主编拉里·阿什米德；当时 *Condé Nast Traveler* 杂志的编辑助理玛丽莎·米兰丽丝，也在纽约。他们对这个别人看不上眼的题材有着完全的、毫不衰减的信心。为此我无限感谢他们。

　　玛丽莎是无比热情、精力充沛和顽强创新的模范。她在美国这一边不断帮助我进行研究。另一位是和我有二十五年交情的好友朱丽叶·沃克，她在伦敦工作，帮助我把基本思路编织成许多事实和人物的复杂网络，由我试图清楚连贯地把它讲述出来。在这方面我能有几分成功和几分失败，我自己很难判断；但是我必须说两位女士给了我无穷的信息资料。如果我解释得不对，理解得不对，听错了、写错了，这都是我一个人的责任。我还要感谢苏·卢埃林女士，她十年前就编辑过我写的关于朝鲜的书，这次又兴高采烈地努力编辑了这一本书。

到布罗德莫特别医院去，阅读关于病人的大量病历记录，无疑是讲述这个故事的关键。我和朱丽叶·沃克等了几周的时间，才获准进入医院。这是布罗德莫医院两位工作人员——保罗·罗伯森和埃利森·韦伯斯特取得的胜利。医院行政领导起初态度犹豫，这是可以理解的，但他们两位为我们做了有说服力的解释。没有这两位卓越友好人士的帮助，我这本书将永远不过是一堆分析和揣测而已。布罗德莫的病历档案给我提供了事实，而保罗和埃利森则提供了档案。

在大西洋的彼岸，尽管杰出的玛丽莎尽了最大努力，事情却进行得很不顺利。华盛顿的圣伊丽莎白医院已经不是联邦机构，而属于哥伦比亚特区管辖。特区政府近年来碰到一些麻烦，被报纸大加宣扬。也许由于这个原因，医院直截了当地拒绝开放任何病历档案。院方甚至相当认真地建议，如果我想看到那些档案，不妨请一位律师和他们打官司。

然而不久以后，我在互联网上的国家档案网页上匆匆搜索，突然想到迈纳医生的材料很可能仍然在联邦档案库里，而不在特区政府手中，因为迈纳于一九一〇至一九一九年住院期间，圣伊丽莎白医院肯定是归联邦管辖的。果然如此。经过在互联网上的几次请求，我与非常乐于助人的档案员比尔·布里奇进行了一次愉快的谈话。突然间，七百多页的病历记录以及其他有趣的各色材料通过联邦邮政快递送到了我的面前。我非常高兴，第二天打电话给圣伊丽莎白医院，告诉那些不肯帮忙的官员说，档案已经在我桌上了，他们却没有那么高兴。

　　相比之下，牛津大学出版社是非常愿意帮忙的。我自然乐于感谢出版社的领导批准我前去采访。我更应该感谢参考书部的伊丽莎白·诺尔斯女士，她给了我极有价值的指点。她几年前就对迈纳进行过研究，很愿意把她掌握的知识和材料告诉我。我还要感谢出版社管理档案的珍妮·麦克莫里斯女士，她非常热情友好，对于迈纳留下的卓越遗产如数家珍，比任何人都更加熟悉。珍妮和她以前的同事彼得·福登在我访问期间和之后都给了我大力的支持。她本人对伟大的亨利·福勒博士极感兴趣，认为福勒和默里都是英语研究的真正英雄，这是正确的。我希望她对福勒的兴趣能够找到表达的途径。

　　几位朋友，还有几位对故事某些部分怀有职业兴趣的专家，阅读了我早期的手稿，提出了许多改进的建议。我几乎全盘接受了他们的建议，对他们非常感谢。如果偶尔由于我的疏忽或顽固，我没有重视他们的警告或要求，那么一切有关事实、判断、品位上的错误的责任都属于我。他们已经尽力而为了。

我应当感谢的朋友们是：格雷厄姆·博因顿、佩珀·埃文斯、罗布·霍华德、杰西·希德罗、南希·斯顿普、保拉·舒克曼、格利·威尔斯。有一位我不认识的安东尼·S——向我抱怨说，某个夏天的早晨他的未婚妻不肯和他亲热，因为她坚持要读完故事的第九章。我向他表示歉意，感谢他的容忍和耐心，并祝愿他将来的婚姻幸福美满。

纽黑文历史学会的詹姆斯·坎贝尔帮了很大的忙，在迈纳的老家找到他的家族成员。耶鲁神学院图书馆的馆员们对我讲述了威廉·迈纳在锡兰的早期生活情况。住在华盛顿州的一位英国女士帕特·希金斯对于迈纳家庭在锡兰以及西雅图的故事很感兴趣，她通过电子邮件和我通信，给了我一些有益的指教。

美国国家档案局的迈克尔·缪齐克为我找到了大部分迈纳在部队中的档案。瓦特·里德陆军医院的迈克尔·罗德找到了迈纳亲笔书写的验尸报告。国家公园管理局也帮了我，允许我参观迈纳曾经驻防的纽约军营和佛罗里达军事基地。弗吉尼亚的阿灵顿索引中心帮助我找到了迈纳战争经历的若干补充材料。

弗吉尼亚州奥兰治县旅游局的苏珊·帕基斯以及知识广博的弗兰克·沃克带我参观了莽原战役的所有重要遗址。然后，为了振作我们的情绪，又带我去看藏在美丽山区里的几处可爱的老旅店。在古老的旅店兼医院（现在已改为戈东维尔博物馆），乔纳森·奥尼尔向我耐心解释当年美国内战的医疗情况。

马里兰州弗雷德里克市有一个关于美国内战医疗情况的国家博物馆，那里的南希·惠特摩尔热情支持我的工作，不厌其烦地找出了大量的有用材料。阿拉巴马大学的劳伦斯·科尔博士花了不少时间对我讲述内战期间对逃兵实行烙刑的具体方法，并且以丰富的知识分析了这种刑罚对于联邦军中爱尔兰兵产生的影响——他是研究美国内战的历史学家，对上述问题钻研得很深。纽约市的米切尔·雷德曼补充了迈纳后来个人生活的一些细节，他曾写过有关的一个短剧，但未曾演出过。

牛津大学麦格达伦学院的戈登·克拉里奇在精神病的起源问题方面，对我作了讲解。布罗德莫医院的历史专家对我也有帮助。佛罗里达州劳德代尔堡著名的心理医生伊萨·沙马德告诉我许多关于妄想型精神分裂症治疗史的知识。

纽黑文常青墓园的主任戴尔·费奥尔为威廉·迈纳生命的终结进行了有趣的注解。他告诉我迈纳的棺材有多长，埋葬有多深，周围埋葬者的名字，等等。

当我终于找到威廉·迈纳家族中还在世的少数亲属之一，康涅狄格州河滨镇的约翰·迈纳先生时，我感到生活轻松了很多。他十分亲切友善，给了我大量有关他曾叔祖父的有用资料，让我看保留多年的宝贵照片和信件，这些东西都完好地存放在阁楼的木箱里。他和他的丹麦籍妻子布里吉特都像我一样对这个故事抱以浓厚的兴趣。他们招待我在河边愉快地晚餐，和我谈论他们这位祖先的奇特性格，我对他们表示感谢。

伦敦有个梅里特国际家族史协会 [原注：原文如此]，该协会的戴维·梅里特先生帮助我搜寻乔治·梅里特的后代可能在什么地方。后来终于找到了一位，是萨塞克斯的迪安·布兰查德先生。他对于自己的这位远亲也同样很有兴趣，告诉我不少有价值的情况。

我也感谢我在美国的代理人彼得·马特森和他的同事珍妮弗·汉根，还感谢艾格尼斯·克鲁普，她在对这个奇怪的故事产生兴趣之后，便成了我的有力支持者，催着我在漫长炎热的夏季里不断奔走，不断写作。我的妻子凯瑟琳为了使我不受干扰，慷慨地为我安排了写作所需要的安宁清静的场所。

深入阅读的参考书

第一本激发我探究这个故事的书，是乔纳森·格林的《追日》（*Chasing the Sun,* Jonathan Cape, London, Henry Holt, New York, 1996），书中有一页半的篇幅谈到这个故事。我通过它的参考书目，接触到另一本更有名气的、关于创建《牛津英语词典》的书:《坠入词网》（*Caught in the Web of Words*, Oxford and Yale University Presses, 1977），作者是词典伟大主编的孙女伊丽莎白·默里。上述两本书中，关于默里和迈纳的第一次见面都根据民间流行的传说写出。直到伊丽莎白·诺尔斯在《词典》季刊中发表较准确的叙述之后，二人会面的真相才为公众所知。这两本书使热心读者感到愉快，而季刊则偏于学术性;然而，说实话，词典编纂学这门学问并不十分高深，许多读者也能从学术文章中获益。

如果对辞书编纂的基本原理感兴趣，就应该读西德尼·兰多有确定看法的《词典——词典编纂的艺术与技巧》（*Dictionaries: The Art and Craft of Lexicography*, Charles Scribner's Sons, New York, 1984）。如果想打破偶像，了解《牛津英语词典》的缺陷，约翰·

威林斯基在《词的帝：*OED* 的统治》（*Empire of Words: The Reign of OED*, Princeton University Press, 1994）这本脾气乖张的书中提供了很多材料。该书一方面称赞默里的创造，另一方面又从政治上是否正确的角度提出修正。即便读了惹人生气，也还是值得一读的。

约翰逊博士《词典》的印本，现在通常还容易找到——在人们想象不到的贝鲁特市，就有大开本两卷本的复制本，我不久前花二百五十美元买到了。它的完好初版，少于一万五千美元就难以到手。但是也存在一种聪明适用的精选本，词条由麦克亚当和乔治·米尔尼选编（Pantheon, New York, 1963；Cassell, 1995, London, 重印纸皮简装本）。

牛津大学出版社成绩卓著，应该有它本身的史书。确实有过几本，我推荐彼得·萨克利夫的《牛津大学出版社别史》（*Oxford University Press: An Imformal History*, Oxford University Press, 1978）。该书很好地记述了 *OED* 的编纂过程，观点公正合理。

关于美国内战，当然有各种详细的记载。迈纳医生参加的、对他产生了决定性影响的那场战役，最好的记述是戈登·瑞亚的《莽原战役》（*The Battle of Wilderness*, Louisiana State University Press, 1994）。我很爱读这本书。柯宁汉姆的经典著作《爱尔兰旅及其参与的战役》（*The Irish Brigade and its Campaigns*, Fordham University Press, New York, 1994）由劳伦斯·柯尔（Lawrence F. Kohl）作序，对我写本书很有帮助，我已在别处致谢。关于内战中医药情况的许多书，我最爱读乔治·亚当的《蓝衣医生》（*Doctors in Blue*, Louisiana

State University Press，1980）以及哈罗德·斯特劳宾的《医院与军营里》（*In Hospital and Camp*, Stackpole Books, Harrisburg, 1993）。布鲁斯·卡顿与詹姆士·麦克菲森合作的优雅巨著《美国遗产——内战新历史》（*American Heritage: New History of the Civil War*, Viking, New York, 1996），我也花时间读了有关的章节。这本书详述了四年血战的细节，对每个可能产生的问题都作出了回答。

迈纳医生在战争中的经历可能导致他患精神病，这些精神病的本质在戈登·克拉里奇的《精神病起源》（*Origins of Mental Illness*, Cambridge, Mass., ISHK Malo Books,1995）一书中有详细的说明。安德鲁·斯卡尔的精彩著作《精神病院的大师》（*Masters of Bedlam*, Princeton University Press, 1996）讲述了精神病治疗科学出现之前那些精神病院医师的职业史。

我还读了罗伊·波特名不虚传的《伦敦社会史》（*London: A Social History*, Harvard,1994）。伦敦是迈纳犯杀人罪的地方，该书把事件的背景描写得很清楚，至今仍旧是有关英国首都的最佳书籍。波特也是精神病及其治疗方面的专家。

但是，首先应当和这本小书一起阅读的，是最大的、最具学术价值的一套书——《牛津英语词典》第一版十二卷、一九三三年补充本和伯奇菲尔德的四卷增补本；或者是《牛津英语词典》第二版二十卷。

那是一套既贵重又庞大的书，因此，今天人们更喜欢选择光盘。

但是这套书承认了迈纳医生的存在，承认了他的贡献，这对于所有的"迈纳迷"都是非常重要的。不知为什么，在许多为 *OED* 作出贡献的人名中查找出迈纳的名字，仅仅是这样简单的发现就总会令我无比感动。

当然，这件事本身并不能成为拥有这套巨著的理由。但是，发现迈纳的名字是一种发现珍宝的典型感觉，*OED* 正是以富含此种感觉而闻名。大家都承认，词典里富含发现珍宝的感觉，实在是大好事。

图书在版编目（CIP）数据

教授与疯子／〔英〕温切斯特著；杨传纬译. －海
口：南海出版公司，2016.10
ISBN 978-7-5442-8213-0

Ⅰ.①教… Ⅱ.①温…②杨… Ⅲ.①长篇小说－英
国－现代 Ⅳ.①I561.45

中国版本图书馆CIP数据核字（2016）第032644号

著作权合同登记号 图字：30-2015-109

教授与疯子

〔英〕西蒙·温切斯特 著
杨传纬 译

出 版 南海出版公司 （0898）66568511
 海口市海秀中路51号星华大厦五楼 邮编 570206
发 行 新经典发行有限公司
 电话(010)68423599 邮箱 editor@readinglife.com
经 销 新华书店

责任编辑 马秀琴
特邀编辑 沈 悦
装帧设计 韩 笑
内文制作 王春雪

印 刷 北京中科印刷有限公司
开 本 850毫米×1168毫米 1/32
印 张 8.25
字 数 162千
版 次 2016年10月第1版
印 次 2016年11月第2次印刷
书 号 ISBN 978-7-5442-8213-0
定 价 39.50元